돈키호테

일러두기
• 이 책은 Miguel de Cervantes Saavedra, 『*Don Quixote*』(Project Gutenberg, 2004)를 참고했습니다.

Don Quixote

돈키호테

미겔 데 세르반테스 지음

살림

세르반테스

스페인 화가 후안 데 하우레기의 1600년 작품.

『돈키호테』 초판본

1605년 스페인 마드리드에서 출간된 초판본 표제지. 『돈키호테』는 출간 당시에는 대개 코믹 소설로 받아들여졌다. 그러다 18세기 말 프랑스대혁명 이후에는 사회가 아무리 잘못되었더라도 개인은 올바를 수 있다는 중심 주제가 큰 인기를 끌었다. 19세기에는 돈키호테의 이상주의와 고귀함이 이해관계를 중시하는 현실 세계에 패배하는 비극을 다룬, 변화한 사회상을 반영하는 작품으로 읽혔으며, 20세기에는 근대소설의 모범이 된 고전 중 하나로 자리 잡았다. 많은 작가들이 이 작품에 직간접으로 영향을 받았는데 알렉상드르 뒤마의 『삼총사』(1844), 마크 트웨인의 『허클베리 핀의 모험』(1884), 에드몽 로스탕의 『시라노 백작』(1897) 등이 대표적이다.

Der herzoge von Anhalte. xliij.

기사

14세기 초『마네세 가요집(하이델베르크 대시가집)』에 실린 삽화. 기사(騎士, Knight)들이 벌이는 무술 시합을 묘사했다. 기사는 중세시대에 말을 타고 싸우던 전사 계급을 가리킨다. 기사는 최하위 귀족으로, 평민도 기사가 될 수 있었다. 기사가 되기 위해서는 보통 7세부터 나이 든 기사를 따라 다니며 무기를 운반하거나 손질하면서 훈련을 받았다. 15세가 되면 자기 무기를 가지고 훈련할 수 있었으며, 21세에 정식 기사로 임명받았다. 이때 칼을 어깨와 머리 위에 한 번씩 갖다 대는 의식을 치렀다. 기사는 8세기 샤를마뉴 대제 때 최초로 등장했으며, 10~11세기에 전사 무리로 활동하다가 12세기 십자군전쟁을 계기로 기사 계급으로 발전했다. 그러나 십자군운동의 쇠퇴, 화약무기의 발달, 중앙집권제 강화 등으로 14~15세기에 걸쳐 기사제도 자체가 유명무실해졌다. 그리하여『돈키호테』가 탄생하기 전인 16세기에 이미 실제 전사 계급이 아니라, 군주가 가까운 사람들에게 마음대로 주는 명예직이 되었다.

「레판토 해전 Battle of Lepanto」

16세기 말 작자 미상의 작품. 1571년 10월 7일 이오니아 해 파트라스 만에서, 신성동맹(스페인 왕국·베네치아 공화국·제노바 공화국·사보이 공국·몰타 기사단 등의 연합) 해군과 오스만 제국 해군 사이에 전투가 벌어졌다. 지중해의 패권을 놓고 벌인 중대한 해전이었다. 스페인 해군에 복무 중이던 세르반테스도 이 레판토 해전에 참가했다. 열병에 걸린 상태였지만 나가 싸우다 가슴 쪽에 두 발, 왼손에 한 발 총상을 입었고, 이로 인해 왼손을 못 쓰게 되었다. 나중에 세르반테스는 이 일을 회고하면서 "오른손의 영광을 위해 왼손의 움직임을 잃었다"라고 말했다. 비록 심각한 장애를 안고 살아가게 되었지만, 그럼에도 군인으로서 중요한 역사의 현장에 함께했으며, 『돈키호테』를 써서 작가로서 성공을 거두었다는 자부심을 드러낸 말이다.

「톨레도 풍경 Vista de Toledo」

르네상스 시대 스페인을 대표하는 화가 엘 그레코의 1596~1600년경 작품. 세르반테스가 활동한 시기는 르네상스의 절정기였다. 프랑스어 'Renaissance'는 '재생(再生)'이라는 뜻을 가진 이탈리아어 'Rinascimento'에서 왔는데, 1855년 프랑스 역사가 미슐레가 『프랑스사』 제7권에 '르네상스'라는 제목을 붙여 최초로 학계에 주목과 관심을 불러일으켰다. 14세기부터 16세기 사이에 유럽에서 일어난 문화와 예술 전체에 걸친 고대 그리스 · 로마 문명의 재발견, 재수용 운동을 가리킨다. 그래서 '문예부흥(文藝復興)'이라고도 번역한다. 이로써 유럽은 중세시대를 마감하고 르네상스를 거쳐 근세로 넘어갔다. 르네상스는 이탈리아에서 처음 시작되어 프랑스, 네덜란드, 영국, 독일, 스페인 등으로 번져갔다. 세르반테스는 군인으로서 이탈리아 베네치아에서 근무했는데, 이때 그곳에서 르네상스 미술, 건축, 문학을 접하고 "오늘날 세계에 되살려낼 강렬한 자극"을 발견했다고 한다.

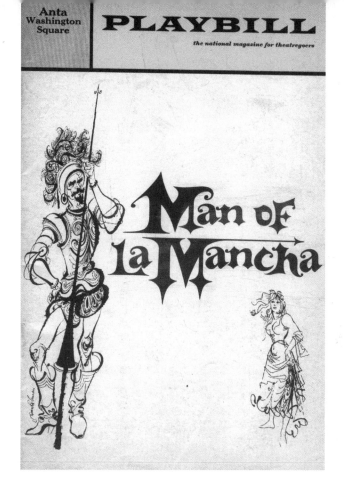

Anta
Washington
Square

PLAYBILL

the national magazine for theatregoers

뮤지컬 「라만차의 사나이 Man of La Mancha**」**

1964년 미국 코네티컷에서 초연된 뮤지컬 「라만차의 사나이」 포스터. 1965년 브로드
웨이 무대에 오르기 시작해 모두 2,328회 공연했으며 최근까지 브로드웨이에서만 네
차례 리바이벌되었다. 세계에서 가장 오래 공연되고 있는 뮤지컬 중 하나로 한국을 비
롯하여 전 세계 수많은 나라에서 무대에 올랐다. 수도원에 세금을 매기려다 신성모독
죄로 종교재판을 받게 되어 지하 감옥에 수감된 세르반테스가 주인공이다. 그를 다른
죄수들이 위선자라고 비웃으며 재판에 붙이자, 세르반테스는 연극으로 자기 변론을 펼
치겠다며 죄수들을 배우로 삼아 연극을 만들어 공연한다는 내용이다. 이처럼 『돈키호
테』는 문학작품 외에도 그림, 연극, 음악, 뮤지컬, 오페라, 발레 등에 이르기까지 다양한
분야에 영향을 끼치며 끝없이 재창작되고 있다.

돈키호테 **차례**

라만차의 시골 귀족 돈키호테에 대하여

지금으로부터 그다지 오래되지 않은 때의 일이다. 스페인 라만차 지방의 어느 시골 마을에 한 귀족이 살고 있었다. 그에게는 창과 낡아빠진 방패, 야윈 말, 날렵한 사냥개가 있었다. 그리고 마흔이 조금 넘은 가정부와 스물이 채 되지 않은 조카딸이 있었고 하인이 한 명 있었다.

오십 줄에 접어든 이 시골 귀족은 마른 체격에 얼굴이 홀쭉했다. 하지만 그는 건강한 편이라 꼭두새벽에 일어났으며 사냥을 즐겼다. 그에게는 키하다 또는 케사다라는 이름이 있었다고 전한다. 또 어떤 이는 그의 이름이 케하나였다고도 하는데 그런 건 하나도 중요하지 않다. 정작 중요한 건, 앞으로 하게 될 이야기가 한 치도 어김없이 진실이라는 사실이다.

그냥 평범하게 살던 이 나이 많은 시골 귀족이 갑자기 기사도소설에 빠져버렸다. 그리하여 사냥도 그만두었고 심지어는 재산 관리까지 팽개쳐버렸다. 기사도소설을 너무 좋아한 나머지 급기야는 논밭을 팔아 기사도소설을 사들이기 시작했다. 얼마 지나지 않아 집 안은 온통 기사도소설로 빼곡히 들어찼다.

이 시골 귀족은 기사도소설에 너무 빠져든 나머지 조금씩 비정상적인 생각을 하기 시작했다. 소설에 나오는 애매한 문장을 이해하기 위해 밤을 지새우곤 했으며 소설 속 주인공이 겪는 불행에 대해 진정으로 가슴 아파했다. 그는 소설 속 인물들 중 누가 제일 훌륭한가 하는 문제를 놓고 마을 신부와 열띤 논쟁을 벌이기도 했다.

그는 책을 읽는 데 너무 열중한 나머지 몇 날 밤을 한숨도 안 자고 꼬박 지새우기도 했으며 그때문에 낮에는 완전히 비몽사몽간을 헤매기도 했다. 그의 머릿속은 온통 책에서 읽은 내용으로 꽉 들어차게 되었고 급기야는 책에서 본 세상을 이 세상과 혼동하기에 이르렀다. 이 세상은 온통 마법 같은 이야기들로 그득했고 소설 속의 쓰라린 고통, 처절한 전투, 도전과 실패, 달콤한 사랑의 밀어와 연애가 완전히 현실과 뒤섞여버렸다. 아니다. 뒤섞인 정도가 아니라 소설 속의 환상적인 세계가 바로 현실이 되어버렸다.

거기에서 그쳤다면 그나마 다행이었다. 그는 완전히 정신이 나가서 그 어떤 미치광이도 하지 않았던 이상한 생각을 하기 시작했다. 스스로 조국을 위해 헌신하는 편력기사가 되기로 결심한 것이다. 무기를 들고 말 위에 올라 세상 곳곳을 돌아다니며 소설 속 기사들처럼 온갖 모험을 하리라! 그리하여 자신의 명성을 후대에 길이 남기리라! 그는 서둘러 자신의 꿈을 실행에 옮겼다.

그가 제일 먼저 한 일은 무기를 손질하는 일이었다. 그는 증조부님들과 조상들이 쓰던 낡은 무기들을 꺼내 녹과 곰팡이를 제거하고 깨끗이 손질하기 시작했다. 그러나 조상들이 쓰던 투구는 너무 낡아 도저히 쓸 수 없었기에 새롭게 하나 만들었다.

무기와 투구 문제가 해결되었으니 이제 기사를 등에 태울 말을 점검할 순서였다. 그는 자기의 빼빼 마른 말을 보러 갔다. 피골이 상접한 형편없는 말이었지만 그에게는 기사도소설 속의 그 어떤 말보다 훌륭해보였다. 그는 장장 나흘 동안이나 그 말에 어떤 이름을 붙일 것인가 고민했다. 자기처럼 훌륭한 기사가 타는 말이라면 그 이름이 후대에 길이 남을 것이니 아무 이름이나 붙일 수는 없었다. 그는 수많은 이름들을 생각해냈다가

지우기를 반복한 끝에 마침내 로시난테로 정했다. 그는 그 이름이 너무 마음에 들었다. 무엇보다 어감이 좋았고 **빼빼** 마른 그 말의 모습을 그대로 보여주는 이름인 것 같았다.

말에게 이름을 지어주고 나니 이번에는 새롭게 자신의 이름을 지을 필요가 있었다. 그는 여드레를 고민한 끝에 자신을 돈키호테라 부르기로 했다. 그리고 자신의 이름이 고향의 위상을 드높이리라는 확신을 갖고 돈키호테 데 라만차라고 부르기로 했다. 그러면 자기 가문과 고향 마을 이름이 만방에 명성을 떨치리라!

무기도 마련했겠다, 말과 자신의 새 이름도 지었겠다, 준비가 다 된 것 같았다. 하지만 한 가지 빠진 게 있었다. 바로 사랑하는 여인이었다. 훌륭한 기사란 모름지기 세상에서 가장 아름다운 여인을 사랑해야 하고 그 연인을 위해 헌신해야 하는 법이 아닌가! 사랑 없는 기사란 잎과 열매가 없는 나무요, 영혼이 없는 육체가 아닌가! 그는 자신의 이름을 찾는 것보다 더 오래 고민을 했다. 그리고 마침내 그 소망을 이루었다.

전하는 이야기에 따르면 그의 마을 근처에 아주 아리따운 처녀 농부가 있었으며 그가 한때 그녀를 열렬히 사랑했다고 한다. 하지만 사실을 말하자면 그는 그녀가 누구인지도 몰랐고

마음에 두어본 적도 없었다. 그녀의 이름은 알돈사 로렌소였
다. 하지만 현실이야 어떻건 상관없었다. 돈키호테는 그녀를 마
음속 연인으로 삼기로 했다. 그리고 자신의 이름과 어울릴만한
그녀의 이름을 찾느라 고심한 끝에 마침내 둘시네아 델 토보소
라고 부르기로 했다. 그녀가 토보소 출신이기도 했지만 그 이
름이 뭔가 음악적이고 신비롭고 의미심장하게 느껴졌기 때문
이다.

고향 마을을 떠나다
첫 번째 출정

　모든 준비를 갖추고 나자 하루라도 지체하는 건 죄를 짓는 것 같았다. '이 세상에는 얼마나 많은 불명예가 판을 치고 있는가! 얼마나 많은 부정이 횡행하는가! 얼마나 많은 무분별한 일이 벌어지고 있는가! 내 한시라도 빨리 그 모든 것들을 바로잡으리라!'

　그는 무더운 7월의 어느 날, 동도 트기 전에 로시난테의 등에 올랐다. 그는 아무에게도 알리지 않은 채 조잡한 투구를 쓰고 방패를 들고 창을 거머쥔 채 뒷문을 통해 들판으로 나갔다. 자기가 그토록 간절히 원하던 것이 이렇게 쉽게 이루어지다니! 그는 너무나 만족스럽고 기뻤다.

그러나 들판에 들어서자마자 갑자기 한 가지 생각이 떠올라 그를 괴롭혔다. 자신이 기사 서임을 받은 적이 없었음을 기억했던 것이다. 말하자면 그는 정식 기사가 아니었다. 기사도법에 따르면 정식 기사가 아니면 그 어떤 기사와도 무기를 들고 맞설 수 없었다. 하지만 그는 곧 해결책을 찾았다. 물론 책에서 알게 된 해결책이었다.

　'그래, 이렇게 길을 가다가 처음 만나는 기사에게 정식으로 기사 임명을 받으면 돼.'

　그는 책에서 읽은 구절들을 마음에 되새기고 입으로 말투까지 흉내 내어 중얼거리며 뜨거운 햇빛 아래 하루 종일 말을 몰았다. 하지만 아무 일도 일어나지 않았다. 자신의 용맹을 떨칠 만한 일이 벌어지기를 간절히 바라던 그로서는 실망스럽기 짝이 없었다. 해 질 무렵이 되자 로시난테도 돈키호테도 피곤에 지치고 배가 고파 죽을 지경이 되었다. 돈키호테는 어디 성이나 양치기 오두막이라도 없을까 사방을 둘러보았다. 마침 멀지 않은 곳에 주막이 하나 보였다. 돈키호테에게는 그 주막이 구원으로 인도하는 별 같았다.

　주막집 문가에는 젊은 창녀 둘이 서 있었다. 그녀들은 마부 몇 명과 함께 세비야로 가는 길에 그날 밤 우연히 그 주막에 묵게 된 참이었다. 우리의 모험가 돈키호테는 그 주막이 성이라고 생각했다. 그에게는 모든 현실이 책에서 읽고 상상한 모습으로 변해 있었다. 당연히 그 창녀들은 성문 앞에서 바람을 쏘이는 아름다운 아가씨나 귀부인으로 보였다. 여인들은 창과 방패를 들고 완전무장을 한 이상한 남자가 다가오는 것을 보고 잔뜩 겁을 집어먹었다. 그녀들은 황급히 주막 안으로 들어가려 했다. 그러자 돈키호테가 얼굴 가리개를 들어 올려 삐쩍 마른 얼굴을 드러내 보이면서 부드럽게 말했다.

"아가씨들, 무서워하지 마시오. 진정한 기사는 아무에게나 칼을 들이대지 않습니다. 하물며 고귀한 자태가 흐르는 아가씨들에게 어떻게 그런 짓을 하겠습니까."

여인들은 그의 삐쩍 마른 얼굴을 보자 긴장이 풀렸다. 더욱이 자신들을 정중하게 '아가씨'라고 불러주는 바람에 웃음을 참을 수가 없었다.

그러자 돈키호테가 자존심 상한 듯 말했다.

"아가씨들! 미인이란 언제나 신중해야만 합니다. 웃음이 헤프면 어리석어 보이는 법입니다. 하지만 제 말씀에 불쾌해하지 마시길. 이 몸은 그저 아가씨들을 섬기려는 마음뿐입니다."

하지만 그 말에 여인들은 또 웃음을 터뜨렸다. 그 야릇한 행색에 도무지 알아들을 수 없는 말을 하는 걸 보고 웃지 않는 게 오히려 이상했다. 여인들이 웃음을 멈추지 않자 우리의 명예로운 기사 돈키호테도 노여워질 수밖에 없었다. 마침 뚱뚱한 주막집 주인이 나오지 않았다면 무슨 일이 터져도 크게 터졌을 것이다. 주인도 돈키호테의 흉측한 몰골을 보고 웃음이 터져 나왔지만 간신히 참고 공손하게 말했다. 그 엄청난 무장에 약간 겁이 나기도 했던 것이다.

"존경하는 기사님, 혹시 주무실 만한 곳을 찾고 계신 건가요? 우리는 침대만 없을 뿐 모든 것을 완벽하게 갖추고 있답니다."

그 주막은 정말로 초라한 주막이었다. 하지만 돈키호테에게 그 주막은 훌륭한 성이었고 주인은 성주였다. 성주가 점잖게 얘기하자 돈키호테가 대답했다.

"성주님, 제게는 전투가 곧 휴식이며 무기가 곧 장신구와 같습니다. 침대가 없는 건 전혀 상관없습니다."

주막집 주인은 돈키호테가 자신을 놀린다고 생각했다. 하지만 그는 손님의 비위를 맞출 줄 아는 사람이었다. 그가 두 손을 비비며 돈키호테에게 대답했다.

"기사님을 뵈니 딱딱한 바위를 침대 삼아 몇 날이고 지내셔도 될 분 같습니다. 일단 말에서 내려 누추하더라도 편안히 쉬어가시기 바랍니다."

돈키호테는 그날 아침부터 아무것도 먹지 못한 탓에 말에서 내리기조차 힘들었다. 그는 주인의 도움을 받아 겨우 말에서 내렸다. 주인이 마구간에 말을 넣고 돌아와 보니 여인들이 돈키호테의 갑옷을 벗기고 있었다. 흉갑과 등갑은 겨우 벗겨냈는데 턱가리개와 투구는 도저히 벗길 수 없었다. 투구에 달린 끈을 얼마나 단단히 묶었는지 끊어버려야만 벗길 수 있는 상황이었다. 그러나 돈키호테가 절대로 허락하지 않았다. 결국 돈키호테는 밤새도록 투구를 쓰고 있어야만 했으니 정말로 가관이었다.

여인들이 돈키호테에게 뭔가 먹어야 하지 않겠냐고 말했다.

"이렇게 신경을 써주시다니 아무거나 주시는 대로 먹겠습니다."

마침 금요일이라서 주막에는 명태 한 무더기밖에는 먹을 게 없었다. 여인들은 창가에 식탁을 차렸다. 주인은 양념도 잘 배지 않은데다 제대로 익지도 않은 명태 한 토막과 거무죽죽한 빵 한 조각을 내왔다. 돈키호테는 식사를 했다. 하지만 정말 볼썽사나웠다. 투구를 쓴 채 앞가리개만 겨우 들어 올리고는 남들이 입에 넣어주는 음식을 받아 넣고 우물우물 먹는 모습이라니! 주인이 갈대 줄기를 끊어와 한쪽 끝을 돈키호테의 입에 물리고 포도주를 부어 넣어주지 않았다면 한 방울의 음료도 마시지 못했을 것이다. 돈키호테는 투구 끈을 자르지 않은 대가로 이 모든 고난을 참아냈다.

바로 그때였다. 돼지 거세 일을 하는 사내가 주막에 들어서면서 뿔피리를 네 번 불어댔다. 그 소리에 돈키호테는 자신이 이름 높은 성에 들어와 있음을 다시 한 번 확인했다. 그 소리는 자신을 환영하는 음악이며, 명태는 송어, 검은 빵은 부드러운 흰 빵, 여인들은 귀부인, 주막집 주인은 성주라고 믿어 의심치 않았다. 그리고 결단을 내리기를 정말 잘했다고 확신했다. 다만 한 가지 마음에 걸리는 게 있다면 아직 정식으로 기사 임명식을 갖지 않은 일뿐이었다. 정식 기사가 아니면 자신의 앞에 놓인 수많은 모험에 합법적으로 대처할 수 없을 테니 걱정이 아닐 수 없었다.

정식 기사가 되다

돈키호테는 마음이 조급했다. 그는 저녁 식사를 끝내자마자 주인을 불러 마구간으로 데리고 가더니 그 앞에 무릎을 꿇고 말했다.

"용감하신 성주님, 부디 제 청을 들어주십시오. 저를 정식 기사로 임명해주십시오. 성주님께서 그 약속만 해주신다면 저는 오늘 이 성안에 있는 예배당에서 불침번을 서겠습니다. 그리고 내일부터 기사로서 당연히 해야 할 의무를 행하겠습니다. 세상 곳곳을 돌아다니며 힘없는 자들을 위해 모험을 하겠습니다."

주인은 돈키호테가 정상이 아님을 이미 짐작하고 있었다. 그는 실컷 재미난 구경이나 해보자는 심산에 돈키호테의 청을 들어주기로 했다.

"그대의 청은 당연한 것이오. 그대같이 늠름한 사람이 아직 정식 기사 임명을 받지 못했다니! 나 역시 한창때는 모험을 찾아 세상 곳곳을 두루 돌아다녔다오. 이제는 은퇴하여 이곳에서 편력기사들을 맞아들여 그들을 대접하고 있는 것이라오. 이 성에는 예배당이 없소. 그러니 오늘 밤에는 성 안마당에서 불침번을 서도록 하시오."

주막 주인은 마지막으로 돈키호테가 돈을 좀 가지고 있냐고 물었다. 돈키호테는 자기가 읽은 책에서는 그 어떤 기사도 돈을 지니고 다니지 않기에 자신도 땡전 한 푼 없다고 말했다. 그러자 주인이 돈키호테에게 물었다.

"기사가 속옷을 가지고 다닌다는 이야기를 책에서 읽은 적 있소?"

돈키호테가 그런 이야기는 본 적이 없다고 하자 주인이 현명하게 지적해주었다.

"그것 보시오. 너무 당연한 일이니까 책에 나오지 않는 거요. 편력기사들은 당연히 돈을 지니고 다니오."

그러면서 편력기사는 자루 가득 돈을 넣고 다니며 비상약들도 하인을 시켜 들고 다니게 한다고 아주 친절하게 설명해주었다. 예기치 못한 상황에 대처하려면 그런 것들이 꼭 필요하다고 주인은 점잖게 충고해주었다. 돈키호테는 그의 충고를 틀림없이 따르겠다고 약속했다.

돈키호테는 약속대로 불침번을 섰다. 갑옷은 우물 옆 두레박 위에 얹어놓은 채 방패를 팔에 고정시킨 뒤, 창을 들고 점잖게 두레박 앞을 어슬렁거렸다. 날이 저물기 시작했다.

주인은 주막을 찾는 사람들에게 저 미친 사람이 기사 임명식을 치르기 위해 불침번을 선다고 이야기해주었다. 모두들 호기심에 밖을 내다보았다. 달빛을 받아 돈키호테의 기이한 모습이 또렷이 보였다.

그때였다. 주막집에 머물던 한 마부가 노새에게 먹일 물을 긷기 위해 두레박 위에 놓인 돈키호테의 갑옷을 치우려고 했다. 그가 갑옷에 손을 대려 하자 돈키호테가 다짜고짜 호통을 쳤다.

"네놈이 누구이기에 이 편력기사의 갑옷에 손을 대려 하느냐! 건드리지 마라. 안 그러면 목숨을 내놓아야 하리라!"

하지만 마부는 무슨 정신 나간 소리인가 생각하며 그 말에 신경 쓰지 않았다. 자기 몸 생각을 했더라면 말을 새겨듣는 편이 나았을 텐데……. 마부는 가죽 끈을 잡더니 갑옷을 멀리 던져버렸다. 돈키호테는 두 눈을 들어 하늘을 우러렀다. 그러고는 사모하는 공주 둘시네아를 떠올리며 말했다.

"나의 공주여! 그대를 섬기는 자가 모욕을 받았나이다. 이 가슴에 새겨진 최초의 모욕입니다. 그 모욕에서 저를 구해주소서. 이 위기의 순간에 제게 기운을 북돋아주소서!"

돈키호테는 그렇게 혼잣말을 하더니 방패를 팽개치고 두 손으로 창을 우뚝 쳐들었다가 마부의 머리를 향해 힘껏 내리쳤다. 창에 두들겨 맞은 마부는 그대로 정신을 잃고 고꾸라졌다. 돈키호테는 갑옷을 주워 제자리에 놓더니 아무 일 없었다는 듯 다시 불침번을 서기 시작했다.

잠시 후 무슨 일이 일어났는지 알 리 없었던 또 다른 마부가 노새에게 물을 먹이기 위해 갑옷을 치우려고 했다. 이번에도 돈키호테는 아무 말 없이 그의 머리를 내리쳤다. 마부가 비명을 질렀고 소란 통에 주인을 포함하여 주막집에 묵고 있는 사람들이 모두 모여들었다.

부상당한 마부의 동료들이 멀리서 돈키호테를 향해 돌을 던지기 시작했다. 돈키호테는 전력을 다해 방패로 돌 세례를 막았다. 그러면서 성주에게 큰 소리로 말했다.

"성주님, 부하들이 이런 무례한 짓을 하게 내버려두다니! 나를 이렇게 배신할 수 있단 말이오! 내 기어이 그대에게 복수하고 말겠소!"

주인은 돈키호테를 골려주려던 생각이 큰 실수였음을 깨달았다. 그는 마부들에게 그자는 미쳤다고 소리치며 그들을 말렸다. 돈키호테가 하도 기세등등한데다 주인까지 말리니 마부들은 돌팔매질을 그만두었다.

주인은 또 다른 사고가 나기 전에 빨리 기사 임명식을 해치워버리는 게 상책이라고 생각했다. 그는 돈키호테에게 다가가 자기가 미처 알지 못하는 사이에 천박한 부하들이 저지른 짓을 용서해달라고 말했다. 그리고 지금부터 기사 임명식을 하자고 말했다. 주막집 주인은 장부책 같은 것을 가지고 왔다. 그리고 양초 토막을 손에 든 채 앞서의 두 아가씨를 불러 왔다. 준비가 끝나자 주인은 돈키호테에게 꿇어앉으라고 명령했다. 그는 경건한 기도를 드리듯이 장부를 읽어나가다가 중간쯤에 손을 들어 돈키호테의 목을 세게 후려치기도 하고 손에 들고 있는 칼로 등을 세게 내리치기도 했다. 아가씨 중 한 명이 "신의 은총으로 행운의 기사가 되기를 빕니다. 싸움에서도 언제나 행운이 함께하길 빕니다"라고 축복을 내리자 기사 임명식이 끝났다.

정식 기사가 된 돈키호테는 너무나 기뻤다. 당장이라도 말에 올라타고 모험의 길을 떠나고 싶어 안달이었다. 그는 로시난테에 안장을 얹고 올라타더니 주막집 주인을 끌어안았다. 그리고 기사 임명식을 치러준 데 대한 감사의 말들을 늘어놓았다. 이루 글로 옮기기조차 어려울 정도로 화려하고 장황한 말이었다. 주막집 주인 역시 그에 못지않게 거창한 말로 답례했다. 그러고는 숙박료를 달라는 말은 꺼내보지도 못한 채 잘 가라며 돈키호테를 떠나보냈다.

정식 기사가 된 후 약자를 구원하다

돈키호테는 편력기사가 되려면 돈과 옷 등이 필요하다는 주
막집 주인의 충고대로 일단 집으로 돌아가기로 했다. 그런 김
에 종자(從者)도 한 명 구하기로 마음먹었다.

그가 집으로 향하던 중 숲속에서 누군가가 힘없이 신음하는
소리가 들려왔다. 그는 정식 기사가 되자마자 이런 임무를 주
시는 하느님을 찬양하며 소리가 나는 곳으로 고삐를 돌렸다.
숲속으로 몇 걸음 들어가니 떡갈나무에 암말이 매여 있고 그
옆에서 덩치 큰 농부가 소년을 심하게 매질하고 있었다. 소년
은 상의가 벗겨진 채 묶여 있었는데 열댓 살 정도 되어 보였다.
소년이 애걸했다.

"다시는 안 그럴게요, 주인님! 앞으로는 양떼를 잘 돌볼게요!

약속해요."

이 광경을 지켜본 돈키호테가 성난 목소리로 말했다.

"이 무례한 기사야, 자신을 방어할 능력도 없는 자와 싸움을 벌이다니! 내 그대가 얼마나 비열한지 깨닫게 해주겠다. 당장 말에 올라 창을 들어라!"

농부는 완전무장을 한 채 창을 마구 휘두르는 돈키호테를 보자 겁이 났다. 그는 돈키호테에게 공손하게 말했다.

"기사님, 이 녀석은 제 양떼를 돌보는 하인이랍니다. 그런데 매일 양이 한 마리씩 없어져버렸습니다. 그래서 벌을 주었더니 제가 품삯을 주지 않아서 그랬다고 거짓말을 하는 게 아니겠습니까? 저는 꼬박꼬박 품삯을 주었답니다."

그러자 돈키호테가 소리쳤다.

"내 앞에서 감히 거짓말을 지껄이다니! 하늘이 두렵지 않은가! 창으로 꿰뚫어버리기 전에 어서 품삯을 주지 못할까!"

농부는 겁에 질려 하는 수 없이 하인을 풀어주었다. 농부는 지금은 가진 돈이 없으니 하인을 집으로 데려가 품삯을 주겠다고 말했다. 돈키호테가 그러라고 말하자 소년이 외쳤다.

"이 사람하고 함께 가라고요? 맙소사! 안 돼요. 기사님이 떠나고 나면 제 살가죽을 벗겨버릴 거예요."

"그런 일은 없을 것이다. 내가 명령을 내리는 것만으로도 충분하다. 그도 기사다. 기사도를 걸고 맹세했으니 틀림없이 지킬 것이다."

돈키호테는 자기가 돈키호테 데 라만차며 만일 약속을 지키지 않는다면 반드시 찾아내 응징하겠다고 말한 후 그곳을 떠났다. 돈키호테가 떠난 뒤에 농부와 소년 사이에 어떤 일이 벌어졌을지는 독자 여러분의 상상에 맡긴다.

용맹스러운 돈키호테는 그렇게 불의를 바로잡고는 기분이 좋았다. 정말 훌륭한 첫발을 내디딘 셈이었다. 그는 흡족한 마음으로 고향 마을을 향했다. 3킬로미터 정도 걸었을까, 돈키호테는 무리를 이룬 나그네들을 발견했다. 비단을 사러 가는 톨레도의 상인들이었다. 상인들은 모두 여섯 명이었고 그들 외에도 하인 넷과 노새몰이 소년 셋이 더 있었다. 돈키호테의 눈에는 그들이 모두 편력기사들로 보였다. 그들이 가까이 오자 돈키호테는 목소리를 높여 거만하게 말했다. 한껏 부푼 그의 마음은 온통 사랑하는 여인 둘시네아를 향한 헌신과 찬사로 가득 차 있었다.

"모두 멈춰라. 아름다운 라만차의 여왕, 둘시네아 델 토보소

보다 더 아름다운 여인은 이 세상에 없다고 맹세하라!"

상인들은 웬 미친놈이 나타나서 헛소리를 하는가, 생각했을 뿐이었다. 그런데 그중에 장난기 있는 상인이 한 명 있었다. 그가 앞으로 나서며 말했다. 재미 삼아 해본 이야기였다.

"기사님, 저희는 기사님께서 말씀하신 그분이 누구인지 모르겠습니다. 그분을 좀 보여주시겠습니까? 그분이 정말 기사님 말씀대로 아름다우시다면 기꺼이 기사님 명령을 따르겠습니다."

"너희가 그녀를 보고 맹세한다면 그게 무슨 의미가 있겠느냐. 중요한 것은 그녀를 보지 않고도 믿고 고백하고 맹세하고 받아들이는 것이다. 정녕 너희가 맹세하지 않는다면 나와 결투를 벌여야만 할 것이다. 하나씩 와도 좋고 한꺼번에 덤벼도 좋다."

"기사님, 제발 그분의 작은 초상화만이라도 보여주시기 바랍니다. 보지도 못한 것을 맹세한다면 양심의 가책을 받을 것 같아서 그럽니다. 비록 초상화 속 여인이 애꾸에다 다른 쪽 눈에서는 피고름이 나온다 할지라도 저희가 직접 볼 수 있다면 기사님을 기쁘게 해드리기 위해 맹세를 할 수는 있습니다."

돈키호테는 그 말에 화가 치밀었다. 그가 흠모하는 여인 둘시네아를 모욕하다니! 그는 불경스러운 말을 했던 자를 향해 창을 겨누고 달려들었다. 그런데 아뿔싸, 그 순간 로시난테가 그만 넘어지고 말았다. 그 바람에 돈키호테는 말에서 떨어져 한참을 굴러갔다. 어떻게든 일어나려 했지만 창, 방패, 투구에 낡은 갑옷 무게까지 더해져 도저히 일어날 수 없었다. 그러자 노새 몰이꾼 중 한 명이 돈키호테에게 다가가 창을 집어 들더니 조각조각 잘라버렸다. 그러고는 그중 한 조각을 들어 돈키호테를 마구 두들겨 패기 시작했다. 돈키호테는 그만 묵사발이 되어버렸다. 돈키호테는 매질을 당하는 내내 입으로 쉬지 않고 하늘을 원망했으며 그들을 향해 으름장을 놓았다.

그들이 떠나자 돈키호테는 몸을 일으키려 했다. 하지만 죽도록 맞아서 만신창이가 된 터라 꼼짝달싹할 수 없었다. 그런 가운데도 그는 편력기사라면 당연히 감수해야 할 고난을 겪은 것으로 여겼다.

돈키호테의 책들이 종교재판을 받다

돈키호테는 온몸에 골병이 든 채 끙끙 앓으며 길 한복판에 누워 있었다. 그때 운 좋게 고향 마을의 한 농부가 그를 발견했다. 밀을 싣고 방앗간으로 가는 길이었다. 그는 이상한 복장을 한 사람이 길에 누워 있는 것을 보고는 가까이 와서 투구의 얼굴가리개를 벗겼다. 농부는 돈키호테를 알아보고 집으로 데려다주었다. 가는 도중 돈키호테는 그 농부를 로드리고 데 나르바에스 기사라고 부르며 책에서 읽은 내용을 마구 읊조렸다. 농부가 자기는 그런 기사가 아니라 단지 나리의 이웃에 사는 페드로 알론소일 뿐이라고 해도 돈키호테는 막무가내로 자신이 얼마나 훌륭한 무훈을 떨쳤는지 떠들어댈 뿐이었다.

이렇게 옥신각신하면서 농부가 돈키호테를 그의 집으로 데려갔을 때는 땅거미가 질 무렵이었다. 그동안 돈키호테의 집에서는 온통 난리가 나 있었다. 돈키호테가 말도 없이 사라진 채 사흘간이나 소식이 없었기 때문이었다. 돈키호테의 집에는 그와 친한 마을 신부와 이발사가 와 있었다. 돈키호테의 조카딸이 이발사 니콜라스에게 말했다.

"아저씨, 삼촌은 걸핏하면 이틀 밤낮을 꼬박 새워가며 책들을 읽곤 했어요. 그러고는 책을 집어던지고 칼을 집어든 채 거인 넷을 해치웠다는 둥, 이상한 짓을 하시지 않나, 물을 들이키고는 마법의 약물을 들이켰다고 하시지 않나……. 암튼 모두 제 잘못이에요. 진작 신부님께 말씀드렸어야 하는데……. 문제는 저 책들이에요. 저 책들을 없애야 해요."

신부가 걱정스러운 표정으로 대답했다.

"내 생각도 그래. 내일 저 책들을 재판에 회부해야겠다. 화형에 처해야지. 누군가 저 책들을 읽고 내 친구처럼 돼버리면 안 돼."

그들이 이야기를 나누는 바로 그때 농부가 돈키호테를 집으로 데리고 들어왔다. 모두들 놀라서 뛰쳐나와 돈키호테를 안으로 데려갔다. 그를 침대에 눕히고 살펴보니 다행히 큰 상처는 없었다. 돈키호테는 이 세상에서 가장 거대하고 사나운 거인 열 명과 싸움을 하다가 로시난테가 넘어지는 바람에 이렇게 되

돈키호테의 책들이 종교재판을 받다

35

고 말았다고 늘어놓았다.

그 소리를 들은 신부가 혀를 차며 말했다.

"허 참, 거인과 싸웠다고? 내일 날이 저물기 전에 저 책들을 불살라버려야지 정말로 안 되겠어."

다음 날 아침 일찍 신부는 돈키호테의 집으로 왔다. 그는 돈키호테가 아직 잠들어 있을 때 조카딸에게서 모든 불행의 근원인 책들이 있는 방 열쇠를 받았다. 다들 함께 방으로 들어가 보니 아주 훌륭하고 큰 책들만 해도 100권이 넘었고 작은 책들은 그보다 훨씬 많았다.

가정부와 조카딸은 살펴볼 것 없이 그냥 몽땅 태워버리자고 했다. 하지만 신부는 그렇게 경솔하게 일을 처리하면 안 된다며, 책 제목도 보지 않고 화형에 처할 수는 없다고 했다. 이윽고 책 한 권 한 권에 대해 재판이 벌어졌다. 재판 결과 몇 권의 책은 살아남았지만 대부분의 책들은 화형 선고를 받았다.

두 번째 출정을 하다

그들이 책에 대한 재판을 진지하게 진행하고 있는데 갑자기 돈키호테가 소리 높여 외치는 소리가 들렸다. "바로 지금이다! 용맹한 기사들이여, 지금이야말로 그대들의 용맹스러운 힘을 보여주어야 할 때다!"

그들은 책 검열을 중단하고 돈키호테에게로 갔다. 그는 자리에서 일어나 고래고래 소리를 지르며 칼을 휘두르고 있었다. 사람들은 그를 강제로 침대에 눕혔다. 어느 정도 진정이 되자 신부가 그와 이야기를 나누었다. 돈키호테는 자신이 읽은 책 이야기를 되는대로 지껄였다. 대주교의 기사들과 궁정 기사들이 싸움을 벌여 궁정 기사들이 이겼다는 둥, 뭔가 먹고 기운을 차려 빨리 원수를 갚아야 한다는 둥, 알 수 없는 이야기를 떠들어댔다. 그들이 음식을 갖다 주자 돈키호테는 허겁지겁 먹은 후 다시 깊은 잠에 빠져들었다.

그의 증세가 너무 심한 것이 확인되자 재판이고 검열이고 뭐고 없었다. 그날 밤 가정부는 모든 책들을 불살라버렸다. 그리고 신부와 이발사가 의논하여 결정한 대로 돈키호테 서재에 벽을 쌓아 아예 막아버렸다.

돈키호테는 잠에서 깨어나자 책부터 찾았다. 하지만 아예 서재가 사라져 찾을 수 없었다. 아무리 해도 서재를 찾을 수 없자 그는 가정부를 불러서 서재가 어디에 있었는지 물었다. 이미 모든 지시를 받은 가정부는 태연하게 대답했다.

"서재요? 이제 이 집에는 서재도 없고 책도 없어요. 악마가 다 가져가버렸거든요."

옆에 있던 조카딸이 거들었다.

"삼촌, 악마가 아니라 마법사였어요. 삼촌이 떠나시고 얼마 안 되서 마법사가 구름을 타고 왔어요. 그리고 곧장 서재로 들어갔지요. 그 안에서 무슨 일을 했는지는 아무도 몰라요. 얼마 후 그 마법사는 서재에서 나와 천장으로 날아가버렸어요. 책들이랑 삼촌한테 원한이 있어서 앙갚음을 한다고 하더군요. 자기 이름이 현자 무냐톤인가 뭐라던데……."

"프레스톤이라고 했겠지."

돈키호테가 정정했다.

돈키호테의 말에 가정부가 맞장구를 쳤다.

"글쎄요, 프레스톤인지 프리톤인지는 잘 모르겠지만 톤으로 끝나는 건 확실해요."

그러자 돈키호테가 흥분해서 말했다.

"그래, 그자가 맞아. 영리한 놈이지. 놈은 마법사고 나하고는 철천지원수야. 언젠가는 나와 일전을 벌일 놈! 나와 맞서게 될 걸 알고 그 전에 나를 괴롭히는 거로구나. 내 이놈을 가만 두지 않겠다!"

조카딸과 가정부는 흥분한 돈키호테를 더 이상 상대하지 않고 자기들 방으로 갔다.

그 후 돈키호테는 보름 동안 아주 조용히 지냈다. 간간이 신부와 이발사를 불러 지금 이 세상에서 가장 필요한 것은 바로 편력기사며 자신이 기사도를 부활시켜야 한다고 열변을 토하기는 했지만 전과 같은 모험을 저지를 듯한 징후는 보이지 않았다.

하지만 그들이 안심하는 동안 돈키호테는 일을 착착 진행하고 있었다. 그는 제일 먼저 약간 미련한 이웃집 농부를 구슬렸다. 그가 어떤 설득력을 발휘했는지는 모르겠지만 결국 그 가난한 농부는 돈키호테의 종자가 되어 함께 길을 떠나기로 결심했다. 아마 온갖 터무니없는 약속을 하여 그 농부를 유혹했을 것이다. 자신과 함께 숱한 모험을 겪고 나면 언젠가는 섬 하나쯤은 손에 넣을 것이며, 그렇게 되면 그를 그 섬의 영주로 삼겠다는 돈키호테의 약속이 그의 마음을 움직였을 것이다. 그 약속에 혹해서 산초 판사라는 이름의 그 농부는 처자식들을 남겨두고 돈키호테의 종자가 되어 떠나기로 결심했다.

종자가 생기자 이어서 돈키호테는 돈을 마련했다. 팔 물건은 팔고 또 어떤 물건은 저당 잡혀 웬만큼 돈을 모았다. 기사가 되려면 돈이 필요하다는 영주, 그러니까 주막집 주인의 말을 충실히 따른 것이다. 무기와 투구까지 새로 장만한 돈키호테는 역시 주막집 주인의 충고대로 옷가지와 약품 따위를 준비했다. 그런 후 산초 판사에게 떠날 날을 미리 일러주며 준비를 하라고 했다.

모든 준비가 끝나자 그들은 아무에게도 작별 인사조차 하지 않고 밤에 몰래 마을을 빠져나왔다. 산초 판사는 아무래도 말을 탄 돈키호테를 걸어서 따라가기는 힘들다고 생각하고 자신의 집에서 기르던 당나귀를 끌고 왔다. 돈키호테는 당나귀를 타고 편력기사를 따르는 종자가 있었는지 책에서 읽은 기억을 되짚어보았다. 아무리 생각해도 그런 기사는 없었다. 하지만 그는 그대로 받아들였다. 처음 만나게 될 무례한 놈에게서 말을 빼앗아 해결하는 것이 기사도에도 맞는 일이라고 돈키호테는 생각했다.

길을 떠나자마자 산초 판사가 다짐하듯 말했다.

"편력기사님, 제게 주시겠다고 약속한 섬, 절대 잊지 마십시오. 주시는 섬이 아무리 크더라도 제가 얼마든지 다스릴 수 있습니다."

"산초야, 잘 들어라. 예로부터 편력기사들은 자신이 획득한 섬이나 왕국을 자신이 거느린 종자에게 다스리게 해왔다. 결정을 미루고 질질 끈 기사들도 있었지만 나는 왕국을 손에 넣은 지 엿새 만에 너를 왕으로 삼겠다. 그뿐 아니라 네가 상상할 수조차 없는 많은 것을 너는 손에 넣을 수 있을 것이다."

"제가 왕이 된다고요? 그렇다면 제 마누라는 왕비가 되고 제 자식들은 왕자나 공주가 되겠네요. 주인님, 아무리 보아도 제 마누라는 왕비가 될 만한 인물은 못 됩니다. 글쎄요, 하느님께서 도와주신다면야 백작부인 정도까지는 모르겠지만."

“산초야, 하느님께서 네게 가장 적합한 것을 내려주실 것이다. 너는 간절히 기도만 하도록 해라. 하지만 너의 야망을 너무 억누르지는 마라. 너무 억누르다 보면 영주보다 못한 자리라도 그냥 눌러앉아버리게 될지 모르니.”

　“그러겠습니다, 주인님. 주인님께서는 하느님을 모시는 분이니 제가 감당할 만한 것을 주시겠지요.”

어마어마한 풍차와 싸우다

두 사람은 함께 길을 가다가 들판에 서 있는 30~40개의 풍차를 발견했다. 풍차를 보자마자 돈키호테가 산초 판사에게 말했다.

"산초야, 우리가 기대했던 것 이상이구나. 운명이 우리를 아주 좋은 길로 인도하고 있다. 산초야, 저기를 봐라. 서른 명이 넘는 거인들이 우리와 맞서려 하고 있어. 저놈들을 모두 없애야겠다. 넌 전리품을 챙길 준비를 해라."

"주인님, 거인이라뇨? 저건 풍차인데요."

"무슨 소리를 하는 거냐? 저놈들은 거인들이야. 네가 이런 모험을 해보지 않아서 잘못 본 모양이구나. 저놈들이 무섭거든 저만치 떨어져 기도나 하고 있어."

산초 판사가 거인이 아니라 풍차라고 재차 외쳤지만 돈키호 테는 종자의 충고를 무시한 채 공격에 나섰다. 거인이라고 너무나 굳게 믿고 있었기에 가까이 가서도 풍차라는 사실은 눈에 들어오지 않았다.

그는 풍차를 향해 당당하게 소리쳤다.

"도망치지 마라, 비겁한 겁쟁이들아! 이 기사님께서 너희를 상대하기 위해 왔다!"

그때 마침 바람이 불어와 풍차의 거대한 날개가 움직이기 시작했다. 그러자 그가 풍차들을 향해 외쳤다.

"네놈들이 팔이 100개 달린 거인 브리아레오스보다 더 많은 팔을 가지고 있더라도 내 정의의 창 맛을 피할 순 없다!"

돈키호테는 둘시네아에게 간절히 기도한 후 방패와 창을 들고 로시난테를 몰았다. 그리고 첫 번째 풍차에 달려들었다. 풍차의 날개를 향해 창을 찌르는 순간, 세찬 바람이 불어와 풍차가 빠르게 돌기 시작했다. 창들은 바로 산산조각 났고 말과 기사도 하늘 높이 붕 떠올랐다가 들판에 내동댕이쳐졌다. 산초 판사가 그를 구하기 위해 당나귀를 타고 열심히 달려왔지만 돈키호테는 이미 움직일 수조차 없는 꼴이 되어 있었다.

"아이고, 주인님, 제가 뭐라고 말씀드렸나요? 제발 똑똑히 보세요. 저게 풍차가 아니면 도대체 뭐란 말입니까? 머리가 돈 사람이 아니라면 당연히 알 수 있는 거 아닙니까?"

"모르는 소리 마라. 이건 내 책들을 훔쳐간 프레스톤의 짓이 틀림없어. 그 마법사가 거인들을 풍차로 변신시킨 거다. 하지만 내 정의의 창 앞에선 마법도 맥을 못 춰."

산초는 그를 부축하여 일으켜 세웠다. 그리고 로시난테의 등에 태웠다. 로시난테도 부상을 입었지만 그다지 심하지는 않았다. 길을 가면서 돈키호테는 산초 판사에게 책에서 읽은 내용을 이야기해주며 전쟁터에서는 모든 것이 변하기 마련이며, 더욱이 마법사들이 온갖 술수를 부릴 것이니 눈에 보이는 것을 곧이곧대로 믿어서는 안 된다고 설명해주었다. 산초 판사는 주인님 이야기는 뭐든지 믿겠다고 말했다.

그들은 함께 푸에르토 라피세로 향했다. 돈키호테는 그곳이야말로 오가는 사람들이 많아서 갖가지 모험을 할 수 있다고 장담했다.

두 번째 무훈

그들은 숲에서 밤을 보냈다. 산초는 자루 속에 넣어온 음식과 술을 먹고 마셨다. 술이 거나해지자 그는 주인이 자신에게 했던 약속 따위도 잊어버렸다. 그저 위험으로 가득 찬 이 모험길이 신선놀음인 것처럼만 여겨졌다.

한편 돈키호테는 바쁘게 움직였다. 거인 풍차를 공격하다 창이 부러졌으니 우선 창을 마련해야 했다. 그는 잘 마른 떡갈나무 가지를 꺾어 창날을 끼워 넣었다. 그럭저럭 무기가 마련되자 돈키호테는 사모하는 여인 둘시네아를 떠올리면서 온 밤을 지새웠다. 기사들은 숲이나 들판에서 사랑하는 여인을 떠올리는 기쁨으로 몇 날 밤을 지새운다는 책 속 이야기를 따르기 위해서였다. 하지만 산초는 어제 마신 술 덕분에 늘어지게 잤다.

아침이 되어 잠에서 깨어나자 둘은 아침도 드는 둥 마는 둥 다시 길을 떠났다. 이윽고 오후 3시경이 되어 목적지인 푸에르토 라피세 초입에 들어설 수 있었다.

그때였다. 성 베네딕트 수도회 소속의 수도사 두 명이 노새를 타고 길 저편에서 오고 있는 것이 보였다. 수도사들 옆으로는 두 명의 노새 몰이꾼이 함께 걸어오고 있었다. 그런데 그들 뒤로 마차 한 대가 따라왔다. 세 남자가 노새를 타고 마차 옆을 따르고 있었고 마차에는 한 부인이 타고 있었다.

돈키호테가 멀리서 보니 그들이 모두 일행으로 보였다. 하지만 수도사들과 그녀 일행은 동행이 아니었다. 그들을 보자마자 돈키호테가 산초에게 말했다.

"산초야, 이번에야말로 진짜 모험을 하게 되겠구나. 저 시커먼 놈들 보이지? 놈들은 마차 속에 있는 공주를 납치해 가는 마법사들이다. 저 악당들을 물리쳐야겠다."

"아이고, 주인님. 저분들은 수도사입니다. 마차는 마침 이 길을 지나는 나그네일 뿐이고요."

"너는 도무지 제대로 볼 줄을 모르는구나. 네가 모험이 어떤 건지 알기나 하겠느냐. 자, 가만히 보고만 있어라. 내 말이 사실이란 걸 알게 될 거다."

그러고는 다짜고짜 수도사들 앞으로 나서더니 큰 소리로 외쳤다.

"이 사악한 놈들아! 강제로 마차에 태운 공주님을 당장 풀어 드려라! 안 그러면 사악한 짓을 한 대가로 당장 죽음을 맞이할 거다!"

말을 마치자마자 그는 창을 겨눈 채 로시난테를 몰아 첫 번째 수도사를 덮쳤다. 수도사는 놀라서 노새에서 떨어져버렸다. 동료가 당하는 모습을 본 다른 수도사는 노새 옆구리에 양다리를 착 붙이고 바람보다 빠르게 들판을 가로질러 도망가기 시작했다.

그것을 보고 있던 산초 판사는 바닥에 쓰러져 있는 수도사에게 다가와 당나귀에서 내리더니 그의 옷을 벗기기 시작했다. 그러자 노새 몰이꾼들이 다가와서 왜 수도사의 옷을 벗기느냐고 물었다. 산초가 대답했다.

"주인님이 결투에서 승리했으니 전리품을 챙기는 거요."

결투니 전리품이니 도대체 무슨 정신 나간 소리를 하는지 알 수 없었지만 그대로 두고 볼 수 없었던 노새 몰이꾼들은 그대로 산초에게 달려들어 그를 바닥에 쓰러뜨렸다. 창을 든 이상한 놈은 이미 저쪽으로 가서 마차 안에 있는 사람과 이야기를 하고 있으니 걸릴 것도 없었다. 그들은 산초의 턱수염을 모조리 뽑아버리고 흠씬 두들겨 팬 다음 기절한 산초를 땅바닥에 그냥 내버려두었다. 그리고 잔뜩 겁에 질려 있는 수도사를 노새에 태웠다. 수도사는 뒤도 돌아보지 않고 이미 멀리 도망가 있던 동료에게로 노새를 몰았다. 두 수도사는 등 뒤에 악마가 붙어 있기라도 한 것처럼 수없이 성호를 그리며 가던 길을 재촉했다. 물론 노새 몰이꾼들도 수도사들의 뒤를 따라 사라졌다.

그사이 돈키호테는 마차에 탄 부인에게 말을 걸고 있었다. 마법사들을 모두 물리쳤기에 의기양양해 있었다.

"부인! 그대가 지닌 아름다움을 이제야 당신이 고이 간직하게 되었습니다. 제가 저 도둑놈들을 때려 눕혔습니다. 제 이름은 돈키호테 데 라만차이며 편력기사이자 모험가입니다. 저는 비길 데 없이 아름다운 여인 둘시네아 델 토보소의 사랑의 포로입니다. 제게 받은 은혜를 갚으려 애쓰실 필요 없습니다. 단지 토보소로 돌아가서 그분을 만났을 때 제가 당신을 자유롭게 해드렸다는 것만 말해주면 됩니다."

노새를 탄 채 마차를 수행하고 있던 한 종자가 돈키호테의 도무지 황당하기 짝이 없는 말을 듣고 있었다. 바스크인인 그는 심한 바스크 지방 사투리를 쓰며 돈키호테에게 말했다.

"어이, 돼먹지 못한 기사야! 마차를 그냥 내버려두고 썩 꺼지지 못해! 안 그러면 내 손에 죽을 줄 알아!"

"이런 기사도 아닌 놈이 나서다니! 네놈이 설사 기사라 하더라도 가만두지 못하겠다. 이 못된 놈 같으니라고."

"내가 기사가 아니라고? 네놈이 기사인데 내가 기사가 아니라고? 바스크인이 얼마나 용감한지 모른단 말이냐! 어디 덤벼라."

돈키호테는 바닥에 창을 던지고 칼을 뽑아 들더니 방패를 앞으로 내밀었다. 그러고는 즉시 바스크인을 향해 달려들었다. 바스크인 종자도 엉겁결에 칼을 빼어 들었다. 그리고 마차에서 베개를 꺼내 방패로 삼았다. 드디어 두 사람은 엉켜 붙어 싸우기 시작했다. 그 누구도 말릴 수 없을 만큼 치열한 싸움이었다.

바스크인이 칼을 들어 돈키호테의 방패를 힘차게 내리쳤다. 방패로 막지 않았다면 두 동강이 나고 말았을 것이다. 돈키호테는 그 엄청난 칼부림에 충격을 받아 큰 소리로 외쳤다.

"오, 내 영혼의 여인 둘시네아! 그대 넘치는 사랑으로 이 엄청난 위험에 빠져 있는 기사를 구해주십시오."

외침과 함께 돈키호테는 칼을 꽉 쥐고 방패로 몸을 가린 채 바스크인을 덮쳤다. 종자도 돈키호테처럼 방패로 칼날을 막았다. 하지만 그가 방패라고 쳐든 건 베개일 뿐이었다. 곧 그의

코, 입, 귀에서 피가 흘러나오기 시작했고 노새에서 떨어질 뻔했다. 그는 노새의 목에 매달렸다. 하지만 돈키호테의 공격에 놀란 노새가 들판을 향해 내달리는 바람에 얼마 못 가 그만 땅바닥에 내동댕이쳐지고 말았다.

돈키호테는 그가 노새에서 떨어지는 모습을 보자 곧바로 말에서 뛰어내려 다가갔다. 이 모든 광경을 보고 혼비백산한 마차 속 부인이 애걸하지 않았다면 바스크인은 그길로 저세상에 갔을 것이다.

부인이 애걸하는 소리를 들은 돈키호테가 예를 갖추어 말했다.

"부인의 청을 들어드리겠습니다. 다만 한 가지 조건이 있습니다. 제게 덤벼들었던 이 기사가 토보소 마을로 가서 둘시네아 님을 만나 뵙고 그분이 뜻하는 대로 시키는 일을 해야 합니다."

겁에 질려 울상이 된 부인은 돈키호테가 무슨 말을 하는 건지, 둘시네아가 누구인지 물어보지도 못한 채 종자에게 그렇게 지시하겠다고 약속했다.

돈키호테와 산초 판사의 대화

수도사들의 노새 몰이꾼들에게 얻어터져 기절했던 산초는 그사이 정신이 들어 결투를 다 지켜보았다. 그는 주인이 영광스러운 승리를 거두어 섬을 손에 넣기를, 자신을 그 섬의 영주로 삼아주기를 하느님께 기도했다. 결투를 끝낸 돈키호테가 로시난테 쪽으로 오는 것을 본 그는 주인이 말에 오르기 전에 무릎을 꿇고 손에 입을 맞추면서 말했다.

"나의 주인이신 돈키호테 님, 부디 온정을 베푸셔서 이 처절한 싸움에서 쟁취하신 섬을 제게 주시기 바랍니다. 그 섬이 아무리 크더라도 제가 잘 다스리겠습니다."

"내 말 잘 들어라, 산초야. 우리가 겪은 모험은 섬에서 일어난 게 아니라 길에서 일어나지 않았느냐? 이런 모험에서는 얻는 게 없는 법이란다. 인내심을 갖고 기다려라. 그러면 너를 영주로 만들어줄 정도가 아니라 그보다 더한 것도 줄 수 있는 모험을 만나게 될 테니."

산초는 진심으로 감사하며 돈키호테의 손과 갑옷자락에 다시 한 번 입을 맞춘 뒤 주인이 로시난테의 등에 오르는 것을 도와주었다. 그리고 자신도 당나귀 등에 올라 잽싸게 주인을 뒤따랐다. 돈키호테는 마차 일행들에게 작별 인사도 없이 길가 숲속으로 들어갔다.

산초가 돈키호테에게 말했다.

"주인님, 아무래도 어느 교회라도 찾아가 숨어야 하지 않겠습니까? 주인님께서 결투 상대를 그렇게 엉망으로 만들어놓으셨으니 신성형제단(시민 경찰)이 주인님을 잡으러 오지 않겠습니까?"

"조용히 해라. 편력기사가 '살육'을 했다고 법정에 섰다는 이야기를 들어본 적이 있느냐?"

"저는 '사륙' 같은 건 모릅니다. 다만 길에서 아무 이유 없이 싸운 사람들을 신성형제단이 가만두지 않을 거라는 얘깁니다. 상처를 입은 자들이 신성형제단에 고발하는 건 시간문제일 겁니다."

"산초야, 아무 걱정 마라. 네가 무슨 일을 당하건 내가 얼마든지 구해줄 테니. 그보다는 내 질문에 대답해봐라. 지금까지 나보다 용감한 기사를 본 적이 있느냐? 나처럼 멋지게 적을 무찌른 이야기를 책에서 본 적이 있느냐?"

"아이고, 책이라뇨? 저는 책을 단 한 권도 읽은 적이 없습니다. 하지만 한 가지는 분명히 말씀드릴 수 있습니다. 제 평생 단 한 번도 주인님처럼 용감한 분은 모셔본 적이 없습니다. 암튼 주인님의 귀에서 피가 흐르고 있으니 치료부터 하시는 게 좋겠습니다. 제가 흰 연고를 좀 가져온 게 있거든요."

"내가 발삼(향유)을 깜빡 잊고 만들어 오지 않았구나. 발삼 한 방울만 있어도 다른 약은 필요 없었을 텐데."

"발삼요? 발삼이 뭐지요?"

"네가 모르는 게 당연하다. 신비의 영약이지. 그것만 있다면 허리가 두 동강이 나서 죽어가는 사람이라도 다시 붙여서 살려낼 수 있단다. 다 책에 나오는 거야. 아무튼 귀가 무척 아프니 우선 네가 가진 약으로 치료부터 하자."

"그러시지요, 주인님. 우선 주인님 상처를 치료한 후 요기를 하지요. 여기 양파 한 개와 치즈가 조금 있습니다. 빵도 조금 있습니다. 주인님처럼 용감한 기사님에게 어울리는 음식은 아닙니다만."

그러자 돈카호테가 준엄하게 말했다.

"너는 참으로 말귀를 못 알아듣는구나. 잘 새겨들어라, 산초야. 한 달쯤 굶었더라도 배불리 먹을 걸 탐하지 않는 게 바로 편력기사의 명예다. 나처럼 책을 많이 읽었더라면 너도 알았을 텐데……. 그 어떤 책에도 편력기사가 배불리 먹었다는 이야기는 나오지 않아. 물론 호사스러운 잔치에 초대되었을 때는 예외지만 말이다. 그러니 산초야, 내가 어떤 음식을 먹건 개의치 마라. 들판에서 자라는 잡초라도 맛있게 먹을 줄 아는 게 바로 편력기사야."

"그런 풀이 어떤 건지 알면 참 좋겠네요. 언젠가는 그 지식을 써먹을 수가 있을 것 같거든요."

산초는 약을 꺼내 돈키호테의 상처에 바른 다음 음식을 꺼내놓았고 두 사람은 사이좋게 나누어 먹었다. 그날 밤 묵을 곳을 서둘러 찾아야 했기에 그들은 보잘것없고 맛도 없는 음식을 얼른 먹어치웠다. 말에 오른 두 사람은 해가 저물기 전에 민가를 찾기 위해 서둘러 길을 나섰다. 하지만 길을 서둘렀어도 그들이 양을 치는 사람들의 오두막 부근에 이르렀을 때 그만 해가 지고 말았다. 그들은 그냥 그곳에서 하룻밤 머물러 가기로 했다. 산초로서야 민가까지 이르지 못한 것이 못내 아쉬웠지만 돈키호테는 기사도를 실험해볼 절호의 기회라고 생각했다. 편력기사라면 하늘을 이불 삼아 자는 것 또한 기쁘게 받아들여야 할 일이 아니던가!

양 치는 목동들을 만나 듣고 겪은 이야기

본래 인심이 좋은 양치기 목동들은 돈키호테 일행을 반갑게 맞아주었다. 목동들은 양고기를 구워 돈키호테 일행과 함께 맛있게 먹었다. 식사를 하면서 그들은 연이어 술잔을 돌렸다. 술 부대 두 개 중 하나가 금방 동이 나고 말았다. 술이 거나하게 취한 돈키호테는 신이 나서 책에서 읽은 이야기를 떠들어댔다. 그러자 목동들 중 한 명이 재미있는 이야기를 들은 보답으로 레벡(현악기)을 켜며 노래를 불렀다. 정말 멋진 노래였다. 아주 화기애애한 분위기였다.

분위기가 무르익었을 때였다. 한 목동이 일어나서 말했다. 마을에 식량을 구하러 갔다 온 목동이었다.

"여러분 마을에서 무슨 일이 일어났는지 알아요?"

그러자 그들 중 한 명이 대답했다.

"우리가 알 리가 있나요. 그래 무슨 일인데요?"

"다들 그리소스토모라는 청년 알지요? 목동으로 변장하고 다니던 대학생 말입니다. 그 대학생이 오늘 아침에 상사병으로 죽었답니다. 여러분, 그 악마 같은 처녀 마르셀라도 알지요? 돈 많은 기예르모의 딸 말입니다. 유산을 상속받아 부자가 되었는데도 양치기 처녀 복장을 하고 여기저기 돌아다니면서 남자들을 홀리던 여자 말입니다. 그리소스토모는 그 여자 때문에 상사병으로 죽었답니다."

"마르셀라 때문에 죽었다고?"

"그렇답니다. 그가 죽으면서 코르크나무 샘물에 있는 바위 가까이 묻어달라고 했답니다. 거기서 마르셀라를 처음 보았다나요. 마을 신부들은 이교도들이나 하는 짓이니 들어줄 수 없다고 하고, 역시 목동 복장으로 다니던 그의 절친한 친구인 암브로시오는 소원대로 해주자고 주장하는 통에 온 마을이 시끄러웠답니다. 결국 암브로시오와 다른 목동 친구들 주장대로 내일 그곳에 묻을 거라더군요. 아주 재미있는 볼거리가 될 거예요. 나는 꼭 가서 보렵니다. 함께 가보지 않겠어요?"

그러자 양 치는 목동들이 입을 모아 좋다고 대답했다. 한 목동이 제안했다.

"우리 모두 가봐요. 제비를 뽑아 양을 돌볼 사람 한 명만 남기고 모두 가봅시다."

그 제안을 한 목동의 이름은 페드로였다. 돈키호테가 죽은 청년과 양치기 처녀 사이에 어떤 일이 있었는지 얘기해달라고 부탁하자 페드로가 설명을 시작했다.

"그 청년은 산악 지대 어느 마을에 사는 부잣집 아들이지요. 살라망카 대학에 유학을 하고 돌아왔는데 아주 유식했습니다. 특히 별들과 하늘과 해와 달에 대해서요. '일직'과 '월직'에 대해서도 우리에게 설명을 잘 해주었지요."

그러자 돈키호테가 수정을 해주었다.

"친구, '일직'이 아니라 '일식'이오. 달이 해를 가리는 걸 말하는 거지."

돈키호테의 지적에 페드로는 흘낏 그를 바라본 후 이야기를 계속했다.

"그뿐 아니라 언제 풍년이 들지 '융년'이 들지도 미리 알려주었답니다."

"그건 천문학에 속하는데……. 하지만 '융년'이 아니라 '흉년'이오."

역시 유식한 돈키호테의 지적이었다.

"아니, 흉년이나 융년이나 그게 그거 아닙니까? 기사님, 기사님이 그렇게 일일이 지적을 하면 일 년이 가도 이야기가 끝이 안 나겠습니다. 제발 좀 가만히 계세요."

돈키호테가 고개를 끄덕이자 그가 이야기를 계속했다.

"어쨌거나 그렇게 유식하던 그리소스토모가 어느 날인가 학사 복을 벗어버리고 목동 차림을 하고 나타났습니다. 손에는 지팡이를 들고 가죽옷까지 걸쳤으니 영락없는 목동 차림이었지요. 얼마 전에 그리소스토모의 아버지가 돌아가셔서 거대한 농장뿐 아니라 막대한 재산을 유산으로 받았는데 느닷없이 목동 복장이라니요. 그런데 나중에 사람들이 사정을 알게 되었답니다. 가엾은 그리소스토모가 양치기 처녀 마르셀라에게 반해서 그녀를 따라다니기 위해서였답니다. 자, 그러면 마르셀라는 도대체 누구냐?"

그는 술로 목을 축이더니 이야기를 계속했다.

"기사님, 우리 마을에 그리소스토모의 아버지보다 훨씬 부자인 기예르모라는 농부가 있었답니다. 그에게 아주 예쁜 딸이 한 명 있는데 그녀가 바로 마르셀라랍니다. 그런데 그녀의 어머니가 그녀를 낳다가 그만 세상을 떠났지요. 기예르모도 사랑하는 아내를 잃자 금방 아내 뒤를 따르고 말았습니다. 딸을 우리 마을 신부인 자기 동생에게 맡긴 채 말입니다. 세월이 흐르면서 마르셀라는 너무 아름답게 자랐답니다. 모든 남자들이 넋을 잃을 정도였지요. 결국 그녀의 삼촌은 그녀를 꽁꽁 숨겨놓기에 이르렀습니다. 재산도 많겠다, 너무나 아름답겠다, 우리 마을뿐 아니라 가까운 지역의 멋진 청년들이 그녀를 아내로 달라고 신부에게 졸랐습니다. 삼촌인 신부는 조카딸에게 수많은 청년들의 이름을 늘어놓으며 직접 고르라고 했고요. 그런데 마르셀라는 자기는 나이도 아직 어리고, 결혼은 생각할 수 없다며 거절할 뿐이었습니다."

그는 다시 목을 축였다. 그러자 돈키호테가 말했다.

"거참 재미있는 이야기군. 어서 계속하시오."

"그런데 생각지도 못한 일이 벌어졌지 뭡니까. 어느 날 어여쁜 마르셀라가 목동 차림을 하고 사람들 앞에 나타났다 이겁니다. 삼촌과 마을 사람들이 말렸지만 막무가내였습니다. 마르셀라는 다른 양치기 처녀들과 함께 들판으로 나가 자기 양을 직접 지키기 시작한 것이지요. 꽁꽁 숨겨놓았어도 수많은 청년들을 홀렸는데 그렇게 모습을 드러내놓으니 부자와 귀족은 물론이고 농부들까지 목동 차림을 하고 들판에서 그녀 뒤를 쫓아다니느라 야단이었습니다. 그들 중 하나가 바로 그리소스토모였고요. 그는 그녀를 좋아하는 정도를 넘어 거의 숭배하다시피 했지요.

하지만 마르셀라는 그 누구의 사랑도 받아들이지 않았답니다. 가까이 다가오려는 남자가 있으면 사정없이 멀리 밀쳐버렸습니다. 더없이 순결하게 정절을 지킨 거지요. 그런데 바로 그 때문에 마르셀라는 전염병보다 더 무서운 재앙을 우리 마을에 몰고 오고 말았습니다. 그녀를 향한 사랑의 열병을 이기지 못한 많은 젊은이들이 그녀의 냉담하다 못해 멸시까지 담은 반응에 자살을 하고 말았으니까요. 도대체 그녀가 왜 그렇게 남자를 받아들이지 않는 것인지 사람들은 알 도리가 없었습니다. 그래서 그녀를 향해 잔인하다느니 배은망덕하다느니 비난이 자자하답니다. 내일 그리소스토모의 장례식에 가면 마르셀라 때문에 일어난 다른 일들에 대해서도 많은 이야기를 들을 수 있겠지요. 자, 이제 늦었으니 기사님도 눈을 좀 붙이시지요."

페드로의 긴 이야기에 넌더리가 난 산초 판사는 어서 잠자리에 들고 싶은 생각밖에 없었다. 그는 이제 잠 좀 주무시라며 돈키호테를 페드로의 오두막으로 안내했다. 돈키호테는 오두막으로 들어갔지만 잠을 이룰 수가 없었다. 마르셀라에 대한 이야기를 듣고 사랑하는 공주 둘시네아가 떠올랐던 것이다. 그는 둘시네아를 생각하며 밤을 꼬박 새웠다. 산초 판사는 로시난테와 당나귀 사이에 누워, 마치 온몸을 두들겨 맞아 축 늘어진 사람처럼 곯아떨어졌다.

동쪽에서 태양이 떠오르기 시작할 무렵 돈키호테와 목동들은 서둘러 길을 떠났다. 길을 가는 도중에 그들은 많은 목동 무리를 만났다. 모두 장례식에 가는 길이었다. 산길을 꽤 걷자 산골짜기에서 스무 명가량 되는 목동들이 걸어 내려오는 것이 보였다. 모두 검은 상복을 입었으며 머리에는 화관을 쓰고 있었다. 양 치는 목동 한 명이 그 모습을 보고 말했다.

"저기 저 사람들이 그리소스토모의 관을 들고 오네요. 저 산 등성이가 바로 그가 묻어달라고 유언했던 곳이랍니다."

다들 서둘러 그들 가까이 갔다. 그리고 서로 반갑게 인사했다. 그들은 관을 내려놓고 곡괭이로 땅을 팠다. 모두들 침묵을 지키고 있었다. 마침내 그들 중 한 명이 말했다.

"암브로시오, 여기가 맞는지 잘 보게나. 그리소스토모의 유언을 그대로 받들어야 하니."

"바로 여기야. 저 불쌍한 친구가 바로 여기서 자주 자신의 불행을 한탄했다네. 그녀를 여기서 처음 만났다고 했어. 그 인간의 탈을 쓴 철천지원수를 만난 곳이 바로 여기야. 또 그녀에게 사랑한다는 고백을 한 곳도 바로 여기라네. 마르셀라가 그를 멸시하는 바람에 인생이라는 비극에 종지부를 찍은 곳도 바로 여기고. 여기는 너무나 서글픈 그의 기억들이 깃든 곳이야. 저 불쌍한 친구는 바로 이곳에서 모든 것을 씻어버리고 망각의 세계로 뛰어든 거지."

암브로시오는 돈키호테와 그의 일행을 보고 말했다.

"여기 묻히는 그리소스토모라는 청년은 정말 재능이 뛰어났습니다. 더할 나위 없이 예의 바르고 늠름했으며 우정은 불사조와 같았지요. 누구보다 너그러웠으며, 정중하되 오만하지 않았습니다. 유쾌하되 천박하지 않았고 선량했습니다. 그런데 그렇게 훌륭한 청년이 불행을 혼자 떠안고 말았습니다. 그는 그녀를 진정으로 사랑했으나 그녀의 증오의 대상이 되고 말았답니다. 그녀를 숭배했으나 무시당했습니다. 그는 야수에게 사랑을 갈구한 셈이고, 대리석에게 매달린 셈이며, 바람을 뒤쫓아 달린 셈입니다. 그는 메아리 없는 절규를 토해냈으며, 배은망덕한 여자를 위해 헌신했고, 결국 한창 피어오르는 나이에 죽음이라는 전리품을 그 보상으로 받은 겁니다."

그는 그리소스토모의 유언대로 그가 남긴 글들을 모두 태워 버리려 했다. 그때 곁에 있던 한 사람이 그를 말렸다.

"그걸 몽땅 태워 없애는 건 너무 가혹한 일이오. 그 종이 뭉치에 생명을 주시오. 다른 사람들이 그와 같은 불행에 빠지지 않도록 하기 위해서라도 그것들은 남겨야 해요. 전부 남길 수 없다면 일부라도 내가 간직할 수 있게 해주시오."

말을 마친 그는 암브로시오가 들고 있던 종이 뭉치에서 몇 장을 낚아챘다. 암브로시오는 그가 하는 대로 내버려두었다. 종이에 쓰여 있는 내용이 궁금했던 그는 종이 한 장을 펼쳐보았다. 거기에는 「절망의 노래」라는 시가 적혀 있었다. 그는 그 시를 낭송하기 시작했다.

정말 애절한 시였다. 마르셀라를 향한 열정적이면서 비극적인 사랑을 고백한 후에, 그녀 곁에 다가갈 수 없다면 차라리 그녀와 작별하리라는 내용을 감동적으로 읊은 시였다. 그리고 자신의 죽음으로 그녀가 행복해질 수 있다면 무덤 속에서도 슬퍼하지 않으리라고 끝맺고 있었다. 그 애절한 시를 들으면서 사람들 마음속에 자리 잡고 있던 마르셀라를 향한 증오심이 어느 정도 가라앉을 정도였다.

그때였다. 아무도 예상하지 못했던 놀라운 일이 벌어졌다.

무덤 자리 옆 바위 위에 마르셀라가 모습을 나타낸 것이다. 그녀는 소문보다 훨씬 더 아름다웠다. 그녀를 처음 본 사람들은 경탄의 탄성조차 내뱉지 못한 채 그저 멍하니 쳐다볼 뿐이었다. 그녀를 본 암브로시오가 말했다.

"이 잔인한 괴물! 너 이곳에 우연히 온 거냐, 아니면 너 때문에 목숨을 잃은 불쌍한 사람의 몸에서 흐르는 피를 보려고 온 거냐? 네 잔인함을 뽐내기 위해 온 거냐? 뭐 하러 이곳에 왔는지, 네가 원하는 게 뭔지 당장 말해."

"아, 암브로시오! 나는 나 자신을 해명하러 온 겁니다. 진실을 밝히려고 온 거예요. 그의 죽음을 모두 내 탓으로 돌리는 여러분이 얼마나 잘못 생각하고 있는지 알려주려고 온 겁니다.

여러분, 여러분은 그가 사랑을 보여주었다는 이유만으로 내가 그를 사랑해야 한다고 말했지요? 하지만 진정한 사랑은 마음에서 우러나야지 강요해서는 안 된다는 걸 여러분은 모르나요? 왜 내게 나를 사랑하는 모든 사람에게 마음을 주라고, 모든 사람을 사랑하라고 하나요?

내 아름다움은 내가 선택한 게 아니랍니다. 이건 하늘이 주신 은혜일 뿐 난 달라고 한 적도 없고 선택한 적도 없습니다. 살모사가 맹독을 지녔다는 이유만으로 비난받을 수 없는 것처럼 나도 아름답다는 이유만으로 지탄받을 수는 없잖아요.

　나는 자유롭고 싶었어요. 내 명예와 순결로 내 영혼을 더 아름답게 가꾸고 싶었어요. 그래서 나는 초원의 고독을 택했습니다. 이 산속의 나무들이 곧 내 친구고 맑은 시냇물이 내 거울입니다. 나는 나무들에게 내 생각을 이야기하고 시냇물에게 내 아름다움을 보여주지요. 나는 내 외모를 보고 사랑에 빠진 이들에게 그것은 사랑이 아니라고 정신을 차리라고 말해주었습니다. 나는 그리소스토모에게 아무런 희망도 준 적이 없고 유혹한 적도 없습니다. 다른 남자들에게도 마찬가지였습니다. 그를 죽인 건 내 잔혹함이 아니라 그의 집착이었습니다. 그는 질투심 때문에 죽은 것도 아닙니다. 나는 누구도 사랑한 적이 없는데 어떻게 질투심을 일으킬 수 있나요?

　제발 나를 그냥 내버려둬요. 나는 내가 사랑하는 나무들을 위해 내 순결을 지키고 있답니다. 그런 내가 왜 한 남자를 위해 그 순결을 잃어야 하나요? 이 마을의 양치기 여인들과 이야기를 나누며 양을 돌보는 게 내 기쁨이에요. 내가 진정으로 사랑하는 건 나의 순결한 영혼을 받아줄 저 천국이랍니다."

　마르셀라는 말을 마치자 뒤도 돌아보지 않고 숲속으로 들어가버렸다. 남은 이들은 그녀가 얼굴만이 아니라 영혼도 아름답다는 생각을 하지 않을 수 없었다. 그리고 모두 그녀에게 경탄했다. 하지만 그들 중 몇몇이 여전히 그녀의 말을 이해하지 못하고 그녀 뒤를 쫓으려고 했다. 그것을 보고 돈키호테는 바로 이때가 기사도를 발휘해야 할 순간이라고 생각했다. 곤경에 처한 아가씨를 구하는 것이야말로 기사의 임무가 아닌가! 그는 칼자루에 손을 올리고 큰 목소리로 위엄 있게 말했다.

"그 누구든 아름다운 마르셀라의 뒤를 쫓아간다면 나의 분노를 피하기 힘들 것이다! 그녀가 그리소스토모의 죽음에 아무 책임이 없음을 분명히 밝히지 않았는가! 어느 누구의 연인이 되겠다는 마음 없이 초연히 살아온 그녀를 똑똑히 보지 않았는가! 그녀는 뒤를 쫓아야 할 여인이 아니라 멀리서 존경하고 찬탄해야 할 대상이라는 것을 모른단 말인가!"

돈키호테의 으름장 때문이었는지, 암브로시오가 죽은 친구를 위해 마무리를 하자고 제안해서인지는 몰라도 아무도 그녀의 뒤를 따르지 않았다.

이윽고 장례 절차가 끝나자 모두 작별 인사를 나누었다. 돈키호테도 그들과 작별하고 진정한 모험을 찾아 세비야로 길을 잡아서 떠났다.

하지만 돈키호테가 그들과 헤어진 후 바로 길을 떠난 것은 아니다. 그는 산초 판사와 함께 마르셀라를 뒤쫓아 숲속으로 들어갔다. 그리고 그녀를 찾아 두 시간 넘게 숲속을 사방팔방으로 돌아다녔으나 결국 발견하지 못했다. '고결한 여인을 위해 자신이 할 수 있는 일은 무엇이든 다 해주어야 한다'는 기사로서 의무를 다하지 못한 돈키호테는 적잖이 실망했다.

성이라고 믿은 주막에서 벌어진 기막힌 일들

돈키호테와 산초 판사는 한참 동안 길을 걸었다. 그러다 보니 멀리 주막이 하나 그들 눈에 들어왔다. 하지만 돈키호테에게 그것은 영락없이 성이었다. 산초는 주막이라고 했고 돈키호테는 성이라고 우겼다. 그 논쟁은 그들이 주막에 도착할 때까지 끝없이 이어졌다.

주막에는 주인 내외와 딸, 그리고 가정부 마리토르네스까지 모두 네 명이 일을 하고 있었다. 그들을 맞이한 주인은 전에 헛간으로 사용했음이 틀림없을 다락방 한가운데에 돈키호테의 침대를 마련해주었다. 그곳에는 마부 한 사람도 묵고 있었는데 그의 침대는 우리의 돈키호테 것보다 조금 안쪽에 마련되어 있었다. 또한 산초의 침대(침대라기보다는 돗자리 한 장과 담요 한 장뿐인 잠자리)는 그들의 침대 사이에 있었다.

그 마부는 주막에 도착하자마자 가정부 마리토르네스에게 눈독을 들인 터였다. 그는 그녀를 유혹해서 밤에 만나기로 약속을 해놓았다. 주인 식구들과 손님들이 잠들고 나면 그에게 찾아오기로 했던 것이다.

저녁 식사를 하고 밤이 되자 각자 자기 침대에 누웠다. 주막 전체가 어둠과 정적에 잠겼고 현관 한가운데 매달려 있는 등잔만이 빛을 발하고 있었다. 정적과 평온 속에서 모두 잠이 들었지만 돈키호테는 잠을 이루지 못했다. 또다시 상상력이 발동을 한 것이다. 그는 자신이 이름난 성에 왔다고 생각하기 시작했다. 그리고 자신의 늠름함에 반한 성주의 딸이 그날 밤 부모님의 눈을 피해 자신과 긴긴 밤을 함께 보내기로 약속했다고 제멋대로 상상했다. 하지만 그에게는 둘시네아 델 토보소 공주가 있었다. 그는 괴로운 가운데 결코 그녀를 배반하지 않으리라 다짐하고 또 다짐했다. 돈키호테가 그런 생각에 잠을 못 이루고 있는 사이 어느덧 가정부 마리토르네스와 마부가 약속한 시간이 찾아왔다.

마리토르네스는 무명 끈으로 머리를 동여맨 채 셔츠 차림에 맨발로 조심스럽게 세 남자가 자는 방으로 들어섰다. 칠흑같이 어두워서 아무것도 보이지 않았다. 그녀가 살그머니 문을 열자 인기척을 느낀 돈키호테는 침대에서 일어나 앉았다. 성주의 딸이 그를 못 잊어 찾아온 것으로 착각한 것이다. 그는 아름다운 아가씨를 맞이하기 위해 두 팔을 내밀었다.

몸을 최대한 웅크린 채 사랑하는 마부를 찾으려고 두 손을 앞으로 내민 채 가던 마리토르네스의 팔이 돈키호테의 두 팔에 부딪혔다. 그러자 돈키호테는 그녀의 손목을 확 잡아당겨 침대에 앉혔다. 말 한마디 할 여유도 주지 않는 잽싼 동작이었다. 그러고는 그녀의 셔츠를 쓰다듬었다. 거친 삼베 셔츠였지만 돈키호테에게는 보드라운 비단 같았다.

그녀는 손목에 값싼 유리구슬 팔찌를 차고 있었지만 돈키호테에게는 값진 동양의 진주가 빛을 발하는 것으로 느껴졌다. 또한 목덜미까지 늘어진 긴 머리카락을 눈부신 황금빛으로 상상했다. 결국 그는 책에서 읽은 대로 온갖 장신구로 치장하고 기사를 찾아온 공주의 모습을 그려냈던 것이다. 그녀의 감촉, 숨결, 모든 것이 더없이 감미롭게 느껴졌다. 사실을 말하자면 그녀를 목매어 기다리는 마부를 제외하고는 모두 욕지기를 느낄 만큼 그녀 몸에서는 역겨운 냄새가 풍겼지만, 돈키호테에게는 모든 것이 아름다운 공주의 그윽한 향기로 변해 있었다. 돈키호테는 자신의 두 팔로 미의 여신을 안고 있다는 행복감에 잠겼다. 그는 그녀를 꼭 껴안고 사랑스러운 목소리로 속삭이기 시작했다.

"오, 아름답고 고귀하신 공주여! 더없이 아름다우신 그대가 제게 베풀어주신 사랑에 보답을 해드리고 싶습니다. 하지만 그럴 수가 없군요. 제 가슴속에 숨겨둔 유일한 여인, 이 세상에 둘도 없는 둘시네아 델 토보소와 한 약속을 저버릴 수 없기 때문입니다."

마리토르네스는 돈키호테에게 꼭 안긴 채 식은땀만 흘리고 있었다. 도대체 돈키호테가 무슨 말을 하는지 알아들을 수도 없었거니와 들으려고도 하지 않았다. 그저 아무 대답 없이 돈키호테의 품에서 벗어나려고 버둥댈 뿐이었다.

그런데 마리토르네스를 기다리느라 깨어 있던 마부가 돈키호테의 말을 다 듣고 있었다. 그는 마리토르네스가 자기와 한 약속을 깨고 다른 남자 품에 안겨 있는 것을 보고 질투심이 치밀었다. 그는 돈키호테 침대 가까이 갔다. 그러자 남자의 품에서 벗어나려고 애쓰고 있는 마리토르네스의 모습과 그녀를 막무가내로 껴안고 있는 돈키호테의 모습이 어렴풋이 보였다.

'싫다는 여자를 억지로 희롱하다니!'

그는 팔을 높이 쳐들더니 기사의 삐죽 튀어나온 턱에 무시무시한 주먹을 날렸다. 감미로운 사랑에 젖어 있던 돈키호테로서는 아닌 밤중에 홍두깨도 그런 홍두깨가 없었다. 돈키호테의 입은 온통 피투성이가 되었다. 하지만 마부는 거기서 그치지 않았다. 돈키호테의 가슴 위로 올라가 말발굽보다 더 거세게 갈비뼈를 마구 짓밟아놓았다. 그 바람에 침대가 통째로 내려앉아버렸다.

그 요란한 소리에 주막집 주인이 깨어났다. 그는 마리토르네스가 또 뭔가 말썽을 피운 게 틀림없다고 생각했다. 그는 등잔에 불을 붙인 뒤 다락방으로 갔다. 마리토르네스는 잔뜩 화가 난 주인이 오는 것을 보고는 몸을 피하려는 생각에 당황한 나머지 세상모르고 잠들어 있는 산초 판사의 이불 속으로 들어가 몸을 웅크렸다.

주막집 주인이 들어와 소리쳤다.

"어디 갔어, 이 빌어먹을 년! 이런 망할 짓이나 하라고 먹을 것, 입을 것을 주는 줄 아느냐!"

그 소동에 산초도 잠에서 깨어났다. 그리고 뭔가 묵직한 것이 자기 몸을 누르고 있는 걸 알고는 마구 주먹을 휘둘러댔다. 그 중 몇 개가 마리토르네스에게 명중했다. 마리토르네스는 너무나 아파서 예의고 뭐고 없이 받은 만큼 산초에게 되갚아주었다.

산초는 잠에서 완전히 깨어났다. 그리고 누구인지도 모를 묵직한 여자가 자기에게 마구 주먹질을 해대는 것을 보고는 간신히 몸을 일으켜 세워 붙잡았다. 결국 두 사람 사이에 가장 격렬하고 가장 우스꽝스러운 격투가 시작되었다. 주막집 주인이 들고 온 불빛 속에서 그 광경을 본 마부가 돈키호테를 내팽개치고 애인을 구하러 달려갔다. 주막집 주인도 마리토르네스를 향해 달려갔는데 마부와는 전혀 다른 의도에서였다. 그녀를 끌어내 혼쭐을 내기 위해서였다.

'고양이는 쥐를, 쥐는 동아줄을, 동아줄은 몽둥이를 쫓아다닌다'는 말이 있듯이 마부는 산초를, 산초는 마리토르네스를, 마리토르네스는 산초를, 주막집 주인은 마리토르네스를 향해 달려들어 이루 말할 수 없는 소란이 일었다. 그 바람에 주막집 주인이 들고 있던 등잔불이 꺼지고 말았다. 주변이 칠흑같이 깜깜해지자 모두들 아무 생각 없이 손에 닿는 것을 향해 주먹질을 해대는 바람에 성한 것이 하나도 남지 않았다.

그날 밤 주막에는 우연히 톨레도 신성형제단 대장이 묵고 있었다. 그는 요란하게 싸우는 소리를 듣고 잽싸게 다락방으로 달려갔다. 그는 깜깜한 방으로 뛰어들며 소리쳤다.

"멈춰라, 신성형제단이다!"

방으로 들어선 그가 제일 먼저 마주친 것은 두들겨 맞아 의식을 잃은 채 부서진 침대 위에 널브러져 있는 돈키호테였다. 그는 돈키호테를 붙잡고 꼼짝 말라고 소리쳤다. 하지만 그 말을 듣기도 전에 돈키호테는 이미 꼼짝할 수 있는 몸이 아니었다. 그가 꼼짝도 하지 않자 대장은 그가 죽었다고 생각했다. 대장은 이 안에 살인자들이 있다고 생각하고 목소리에 힘을 주어 소리쳤다.

"현관문 닫아! 아무도 못 나가게 해! 여기 사람이 죽었다!"

그 소리에 모두 깜짝 놀라 소동을 멈추었다. 주막집 주인과 마리토르네스는 몰래 각자 자기 방으로 돌아갔고 마부도 어디론가 사라져버렸다. 대장은 불을 켜야겠다고 생각하고 아래층 벽난로로 내려하고 한참 고생한 끝에 등잔에 불을 붙일 수 있었다.

그즈음 정신을 잃고 쓰러져 있던 돈키호테가 깨어났다. 그가 산초 쪽을 향해 말했다.

"이봐, 산초, 자고 있느냐? 잠들어 있느냐고?"

억울한 마음에 산초가 분통을 터뜨리며 대답했다.

"자다니요? 정말 하느님도 너무하시지. 온갖 악마가 제게 달려드는 것만 같은데 어떻게 잠을 자나요?"

"그래, 아마 이 성이 마법에 걸려서 그런 모양이다. 너 내가 지금부터 하는 말은 절대 비밀이야. 죽을 때까지 무덤으로 가져가야만 한다. 방금 전 성주의 따님이 내게 왔었다. 지상에서 다시는 만나기 어려운 아름다운 공주였어. 그 옷차림은 두말할 필요도 없고. 그런데 내가 공주와 달콤한 대화를 나누고 있을 때 어디서 왔는지 모를 무지막지한 거인의 팔이 내 턱을 날려 버렸어. 아마 그 아름다운 공주는 마법사가 지키고 있는 게 틀림없다. 공주는 내 차지가 아닌 것 같구나!"

"아이고, 저도 수십 명의 무시무시한 거인들에게 매질을 당했으니 기사님 말씀이 맞는 것 같습니다. 하지만 주인님, 정말 궁금한 게 있습니다. 우리가 이 꼴이 되었는데도 어떻게 이게 훌륭하고 특별한 모험이라고 할 수 있나요? 주인님께서야 좀 전에 말씀하신 대로 비할 데 없이 아름다운 여인이라도 품에 안아보셨지만 저는 이게 뭔가요? 거인들에게 몽둥이찜질이나 당하고……."

"그럼 너도 맞았다는 거냐? 그렇게 상심할 필요 없다. 우리가 가는 앞길에는 모험이 따르기 마련이다. 자, 우리 당장 발삼을 만들기로 하자. 그것만 있으면 눈 깜짝할 새에 회복될 수 있

성이라고 믿은 주막에서 벌어진 기막힌 일들

으니까."

바로 그때였다. 아래층으로 내려갔던 신성형제단 대장이 기름등잔을 들고 들어섰다. 죽어 있던 사람이 누구인지 알아보려고 다시 돌아온 것이다. 대장은 차분하게 대화를 나누고 있는 두 사람을 보고 멈칫했다. 돈키호테는 여전히 꼼짝도 못 한 채 천장을 바라보며 누워 있었다. 대장이 돈키호테에게 다가와 말했다.

"이봐, 당신 괜찮아?"

"이런 예의 없는 놈! 이곳에서는 편력기사에게 그따위로 말을 하는가? 이런 천하에 무식한 녀석 같으니라고."

대장은 처참한 몰골을 한 중늙은이가 욕지거리를 해대자 화가 치밀었다. 그는 등잔을 들어 올려 돈키호테의 머리를 내리쳤다. 돈키호테는 머리에 큰 부상을 입고 말았다. 등잔이 꺼지고 주위가 캄캄해지자 대장은 문밖으로 나가버렸다.

산초가 저자는 마법에 걸린 무어인이 틀림없다고 하자, 돈키호테는 맞는 말이라고 한 후 덧붙였다.

"그런 마법 따위에 신경 쓸 필요 없다. 그런 건 모두 눈에 보이지 않는 환상 같은 거야. 보이지도 않는 걸 향해 화를 내는 건 바보 같은 짓이지. 산초야, 일어날 수 있겠느냐? 우리는 효과 좋은 발삼이나 만들자. 성주를 불러 기름과 포도주, 소금 그리고 로즈메리 잎을 조금만 갖다달라고 해라. 그 유령 같은 놈이 입힌 상처에서 피가 많이 난다."

산초는 겨우 몸을 일으켜 밖으로 나갔다. 밖은 어두웠다. 그는 더듬거리다가 문 앞에서 둘 사이의 정신 나간 이야기를 계속 엿듣고 있던 대장과 부딪혔다. 그는 간곡히 부탁했다.

"누구신지 모르지만 자비를 베풀어주실 수 없겠습니까? 로즈메리 잎과 소금 그리고 기름과 포도주를 조금만 주십시오. 이 세상에서 제일 훌륭한 가장 뛰어난 편력기사를 치료해야 해서요. 그분은 이 주막에 묵고 있는 마법에 걸린 무어인에게 심한 상처를 입고 누워 계십니다."

그 말을 들은 대장은 산초가 좀 모자라거나 정신이 나간 사람이라고 생각했다. 마침 동이 트고 있는 데다 별로 어려운 부탁도 아니었으므로 대장은 주인을 불러 산초가 부탁한 것을 가져오라고 했다. 산초는 주인이 챙겨준 재료들을 가지고 돈키호테에게 돌아갔다. 주막집 주인과 대장도 그의 뒤를 따랐다.

돈키호테는 산초에게서 받은 재료들을 모두 섞어 오랫동안 끓여 발삼을 만들었다. 그리고 식탁 위에 있던 기름통에 발삼을 따라서 담았다. 돈키호테는 그 발삼을 향해 수십 번도 넘게 주기도문을 올리고 성모찬가와 사도신경을 바쳤다. 이 모든 의식을 진행하는 동안 산초와 주막집 주인, 대장이 그 자리를 지켜주었다. 마부는 벌써 아무 일 없다는 듯 자신의 당나귀들을 돌보고 있었다. 이윽고 발삼이 완성되었다. 돈키호테는 기름통을 채우고 남은 냄비 속의 발삼을 벌컥벌컥 들이켰다. 하지만 발삼이 뱃속에 들어가자마자 그는 배 속에 든 모든 것을 토하기 시작했다.

이윽고 돈키호테는 땀을 비 오듯 흘리며 담요로 몸을 푹 싸더니 혼자 있게 해달라고 부탁했다. 그러고는 세 시간이 넘게 잠이 들었다가 깨어났다. 그러자 거짓말처럼 몸이 가뿐해졌다. 그 모습을 본 산초 판사는 냄비에 남아 있던 발삼을 좀 마실 수 있게 허락해달라고 간청했다. 돈키호테가 허락하자 그는 발삼을 기분 좋게 들이마셨다. 하지만 산초의 위는 주인만큼 민감하지 않았다. 지독한 욕지기를 느꼈지만 토하지는 않았고 땀만 엄청나게 흘렸을 뿐이었다. 온통 기운이 빠져 죽을 지경이 된 그는 발삼에 대고 욕설과 저주를 퍼부었다. 그것을 보고 돈키호테가 말했다.

"산초야, 네가 기사 복장을 갖추지 않아서 그런 것 같구나.

이 약은 정식 기사에게만 약효가 있기 때문이란다."

"아이고, 내 신세야! 주인님, 그걸 아시면서 왜 제가 마시는 걸 보고만 계셨습니까?"

그 말과 함께 산초는 앞뒤 두 구멍으로 토하고 싸기 시작했다. 그리고 자신이 죽어간다고 생각할 정도로 녹초가 되었다. 그는 거의 두 시간 이상을 축 늘어져 있었다.

하지만 몸이 가벼워진 돈키호테는 서둘러 출발하고 싶었다. 그는 아직 축 늘어져 있는 산초를 직접 당나귀에 태운 뒤 말 등에 올라탔다. 주막에 있던 스무 명이 넘는 사람들이 모두 그를 바라보고 있었다. 돈키호테는 말에 올라탄 채 주막 입구에 서서 주인을 불러 매우 차분하고 엄숙한 목소리로 말했다.

"성주님, 귀하의 성에서 제게 베풀어주신 크나큰 은혜에 대해 가슴 깊이 감사드립니다. 만일 성주님께 무례를 범하는 자가 있다면 바로 연락을 주십시오. 기사도의 명예를 걸고 제가 반드시 응징할 것을 약속드립니다."

그러자 주막집 주인 역시 침착하게 대답했다.

"기사님, 기사님이 직접 제 원한을 풀어주실 필요는 없습니다. 저도 그럴 정도의 힘은 있으니까요. 다만 지난밤 우리 주막에서 묵은 비용과 망가뜨린 침구 값은 지불해주시면 좋겠습니다."

"뭐라고? 이곳이 주막이란 말이오?"

"꽤 이름난 주막이지요."

"그렇다면 내가 이제껏 속고 있었단 말인가? 성인 줄 알았더니 주막이라니. 하지만 비용 지불은 면제해주시오. 당신도 책을 읽었다면 알겠지만 숙박료를 지불하는 편력기사의 이야기는 어디에도 나오지 않소."

"그런 건 상관없고 돈이나 빨리 내놓으시오. 기사건 뭐건 나는 받을 돈만 받으면 되니."

"이런 어리석고 야비한 작자 같으니라고!"

호통 소리와 함께 돈키호테는 로시난테에 박차를 가하며 창을 비껴들고 주막을 나섰다. 아무도 그를 막을 수 없었다. 그가 숙박비도 지불하지 않고 가버리자 주인은 산초 판사에게 달려들어 돈을 내놓으라고 했다. 하지만 산초도 돈을 지불할 생각이 없었다. 그는 자신이 돈을 지불하면 편력기사를 욕보이는 일이라며 버텼다.

옆에서 그 모습을 보고 있던 사람들 중 예닐곱 명이 나서서 산초를 당나귀에서 끌어내렸다. 그러고는 그를 담요로 둘둘 말더니 장난감처럼 위로 던져 올렸다 받았다 하기 시작했다.

가엾은 산초의 요란한 비명 소리가 돈키호테의 귀에도 들렸다. 돈키호테는 무슨 새로운 모험이 시작되었나 싶어 주막으로 되돌아왔다. 그는 자기 종자가 장난감이 되어 혼나는 모습을 보자 그들을 향해 욕을 퍼붓기 시작했다. 하지만 그들은 재미있는 장난을 멈출 생각이 없었다. 그들은 지칠 때까지 산초를 던지고 받는 놀이를 계속했다. 실컷 장난을 하고 난 후 그들은 당나귀를 끌어다 녹초가 된 산초를 그 위에 얹었다. 산초에게는 악몽 같은 일을 겪은 이 주막집이 마법에 걸린 성으로 여겨질 수밖에 없었다.

둘은 주막을 나서 길을 떠났다. 주막 주인은 떠나는 그들에게 숙박료 독촉을 하지 않았다. 산초는 비록 몸은 녹초가 되었지만 기분은 좋았다. 끝내 숙박료를 지불하지 않았기 때문이었다. 그러나 산초는 어서 빨리 떠나고 싶다는 생각에 자신의 자루가 없어졌다는 사실을 까맣게 모르고 있었다. 주막집 주인이 숙박료 대신에 그의 자루를 미리 감추어놓았던 것이다.

상복 입은 사람들을 만나 거둔 무훈

얼마를 걷다가 산초는 자루가 없어진 것을 발견했다. 그는 깜짝 놀라 돈키호테에게 그 사실을 알렸다.

"그렇다면 오늘은 먹을 것이 없다는 말이구나."

"그렇지요. 주인님께서 잘 아신다는 그 풀을 초원에서 찾아내지 못하면 꼼짝없이 굶을 판입니다. 편력기사들이 배가 고플 때면 먹는다는 그 풀 말입니다."

"걱정 마라, 산초야. 지금까지 그랬듯이 하느님의 은혜 속에 머물면 돼. 그분이 모든 것을 해결해주실 거야."

그들은 굶주림에 시달리며 하루 종일 걸었다. 이런저런 이야기로 배고픔을 달래며 걷다 보니 설상가상으로 그날 밤 묵을 곳을 찾기도 전에 밤을 맞고 말았다. 밤이 점점 깊어졌지만 그들은 계속 걸었다. 산초는 그 길이 국도이니 얼마 가지 않아 주막이 나타나리라고 믿었다. 그때 길 저편에서 커다란 불빛들이 춤을 추듯 앞으로 다가오는 것이 보였다. 마치 별 같았다. 그것을 보자 산초는 몸이 얼어붙었고 돈키호테도 더럭 겁이 났다. 캄캄한 밤에 불빛들이 춤을 추며 앞으로 다가오니 겁이 나지 않을 수 없었다. 산초는 당나귀의 고삐를 잡아챘고 돈키호테도 로시난테의 고삐를 당긴 채 그게 뭔지 유심히 바라보았다. 불빛들이 점점 다가오자 산초는 와들와들 떨기 시작했고 돈키호테도 머리카락이 쭈뼛 서버렸다. 하지만 그는 용기를 내어 말했다.

"산초야, 이거야말로 정말 굉장한 모험임에 틀림없구나. 여기서 나의 모든 힘을 보여주마."

"아이고, 또 괴물들을 만난다면 이번엔 갈비뼈 하나도 못 추리겠네요."

"걱정 마라. 괴물들이 아무리 많다 해도 네 옷자락의 실오라기 하나 못 건드리게 할 테니."

불빛이 가까이 오자 한 무리의 흰옷을 입은 사람들 모습이 보였다. 그 모습을 보자 산초는 학질에 걸린 사람처럼 이를 달달 떨기 시작했다. 스무 명가량 되는 사람들은 모두 말을 탄 채

상복 입은 사람들을 만나 거둔 무훈

손에 횃불을 들고 있었고 그들 뒤로는 검은 헝겊으로 덮은 마차가 따라오고 있었다. 또 그 뒤로는 상복을 입은 여섯 명의 사람들이 말을 타고 따라오고 있었다. 그들의 모습을 보자 돈키호테에게는 책에서 읽은 모험이 생생하게 되살아났다.

그는 그 마차에 큰 부상을 입은 기사와 죽은 기사의 관이 실려 있을 것이라고 상상했다. 그리고 자신만이 그의 복수를 해 줄 수 있으리라고 생각했다. 그는 창을 곧추 들고 길 한복판으로 나섰다. 마침내 그들이 가까이 오자 소리 높여 외쳤다.

"모두들 멈추시오. 당신들은 누구요? 당신들이 끌고 가는 저 관은 누구의 관이오? 당신들이 악행을 저질렀는지, 아니면 누군가에게 피해를 입었는지 알아야겠소. 당신들이 잘못했다면 내가 징벌을 내릴 것이며 당신들이 억울한 일을 당했다면 내가 원수를 갚아줄 것이오."

이게 무슨 뚱딴지같은 소리인가 생각하며 다들 어이없는 표정을 짓고 있는 가운데 상복을 입은 사람 중 한 명이 앞으로 나섰다.

"우리는 바쁩니다. 길게 설명할 시간이 없으니 어서 길을 비키시오."

그러고는 노새를 몰아 앞으로 나아가려 했다. 돈키호테는 발

끈해서 갑자기 그 앞을 가로막았다. 그러자 노새가 놀라 앞발을 쳐드는 바람에 타고 있던 사람이 바닥에 떨어져버렸다. 함께 걸어가던 소년이 그 모습을 보고 화가 나서 돈키호테에게 욕설을 퍼부었다. 자신의 말을 듣지 않은 데 대해 이미 화가 나 있는 돈키호테에게 불을 지른 셈이었다. 돈키호테는 지체 없이 창을 치켜들고 상복을 입은 사람들 중 한 명에게 달려들었다. 그 사람은 큰 상처를 입고 땅바닥에 나뒹굴었다. 돈키호테는 거기서 그치지 않고 연이어 다른 사람들에게 달려들었다. 하지만 돈키호테의 활약상은 그리 길게 이어지지 않았다. 흰옷을 입은 사람들은 원래 겁이 많은 데다 지옥의 악마가 관을 가지러 온 것이라고 생각하고는 냅다 들판으로 도망쳐버렸기 때문이었다. 그 모습을 지켜본 산초는 주인의 용기에 감탄하며 중얼거렸다.

"우리 주인님은 말씀대로 정말로 용맹스러우셔."

돈키호테는 바닥에 엎어져 있는 사람에게 다가가 얼굴에 창을 겨누고 항복하라고 말했다.

"항복하고 말고가 어디 있습니까? 이렇게 다리가 부러져버렸는데. 제발 죽이지만 말아주십시오. 저는 신참 수도사랍니다."

"그렇다면 그대들을 이곳으로 보낸 작자는 도대체 누구란 말인가?"

"저는 알코벤다스 출신의 알론소 로페스입니다. 도망간 열한 명의 수도사와 함께 바에사에서 왔습니다. 저 관에 든 시신은 기사입니다. 그의 고향 세고비아로 유골을 가져가던 중이었지요."

"누가 그를 죽였는지 말하라니까!"

"흑사병으로 하느님께서 데려가셨습니다."

"그렇군. 다른 사람이 그 기사를 죽였다면 원수를 갚아야 하겠지만 하느님께서 데려가셨다니 그럴 필요가 없어서 다행이로군. 나는 돈키호테라는 라만차의 기사요. 잘 알아두시오. 나는 세상을 편력하며 그릇된 일을 바로잡고 남의 명예를 훼손한 자를 처단하는 중이오."

"아이고, 그 덕에 저는 평생 불구로 지내게 되었군요. 이게 다 제 운명인 것으로 받아들이겠습니다. 그러니 노새의 안장 사이에 끼어 있는 제 다리나 좀 빼내주십시오."

"아니, 그 말을 왜 이제야 하시오? 도대체 언제까지 참고 있으려 했소? 진작 부탁할 일이지."

아마 그 수도사는 언제 부탁할 시간을 주었냐고 말하고 싶었을 것이다. 하지만 그는 꾹 참았다. 어쨌든 이 예기치 못한 불행에서 빠져나가는 것이 급선무였기 때문이었다.

돈키호테는 산초 판사를 불렀다. 그러나 산초의 귀에는 주인이 부르는 소리가 들리지 않았다. 그 선량한 사람들의 노새에 잔뜩 실린 식량들을 챙기느라 정신이 없었던 것이다. 산초는 외투를 벗어 자루 모양으로 만든 후 그 안에 먹을 것들을 잔뜩 담았다. 그리고 그 자루를 나귀 등에 실은 다음에야 어슬렁어슬렁 주인 곁으로 왔다. 산초는 주인이 시키는 대로 노새에 눌려 있는 수도사를 끄집어냈다. 그리고 그를 노새 등에 앉힌 다음 횃불도 건네주었다. 그런 후 산초가 수도사에게 말했다.

"당신 동료들이 자신들을 공격한 용감한 이가 누구인지 궁금해하면 전해주십시오. 그분은 유명한 돈키호테 데 라만차 님이시며 일명 '우수(憂愁)에 찬 얼굴의 기사'라고도 한다고요."

수도사는 뒤도 안 돌아보고 노새를 몰아 사라졌다. 수도사가 가버리자 돈키호테가 산초에게 왜 자신을 '우수에 찬 얼굴의 기사'라고 불렀는지 물었다. 그런 이름은 처음 들었던 것이다.

"제가 저 수도사의 횃불로 잠시 주인님 얼굴을 비춰보았지요. 그런데 주인님이 지금까지 본 적이 없는 몹시 안 좋은 얼굴을 하고 계시더군요. 아마도 결투로 인해 너무 고단하셔서 그러신 것 같습니다."

사실을 말하자면 돈키호테는 자신이 저지른 일에 대해 미안

한 마음이 들었으며, 그 때문에 약간 표정이 어두웠을 뿐이었다.

"그래, 독특한 이름을 안 가진 기사는 없지. 나도 이제 나를 '우수에 찬 얼굴의 기사'로 불러야겠다. 네 머릿속을 어떤 현자가 방문한 모양이구나. 네가 그런 생각을 다 하다니."

"어쨌든 주인님, 이번 모험도 정말 위험했습니다. 그래도 그 어떤 모험보다 성공리에 위기를 넘긴 것 같습니다. 하지만 상대가 단 한 명이라는 것을 알고 저들이 언제 다시 올지 모르니 얼른 도망이나 가시지요. 이제 당나귀도 기운을 찾았고 음식도 얻었으니 저기 근처 산으로 들어가 요기나 하시지요."

산초는 당나귀를 앞장세우고 주인에게 따라오라고 했다. 돈키호테도 산초의 말이 일리가 있다고 생각하고 대꾸 없이 뒤를 따랐다. 산골짜기를 따라 조금 걷다 보니 널찍한 계곡이 눈앞에 펼쳐졌다. 그곳에서 발을 멈춘 뒤 산초는 나귀 등에서 짐을 내렸다. 그리고 풀밭에 먹을 것들을 잔뜩 늘어놓았다. 둘은 아침, 점심, 새참, 저녁까지 네 끼분을 한꺼번에 다 먹어치웠다.

불행한 자들에게 자유를 안겨준 모험

배가 불러오자 둘은 숲에 적당히 자리를 마련하고 하룻밤을 보냈다. 이튿날 동이 트자 그들은 다시 길을 떠났다. 하루 종일 길을 걷다가 그들은 마침내 다음 모험 대상을 만났다. 두툼한 쇠사슬에 목이 얽혀 서로 이어져 있고 두 손에는 수갑을 찬 사람들이 걸어오고 있었다. 모두 열두 명이었다. 그들 옆에는 두 사람이 말을 타고 따르고 있었고 두 명이 옆에 함께 걸어오고 있었다. 말을 탄 사람들은 머스킷 총을 들고 있었고 걸어오는 사람들은 창과 칼을 들고 있었다.

산초 판사가 그들을 보자마자 말했다.

"아, 죄인들이군요. 국왕 전하의 명으로 강제로 갤리선 노 젓기 노역을 가는 길인 것 같습니다."

"아니, '강제로'라고? 국왕 전하가 어떻게 저들을 강제로 일을 시킨단 말이냐?"

"그럴 만한 죄를 지었기 때문이지요."

"죄목이야 어쨌건 자신의 의지가 아니라 강제로 끌려간단 말이지?"

"그건 그렇지요."

"그렇다면 이야말로 편력기사인 내게 꼭 들어맞는 일이다. 억압받고 불행한 사람들을 구하는 게 바로 편력기사의 임무가 아니겠느냐?"

"아이고, 주인님, 국왕 전하는 정의로운 분입니다. 국왕 전하의 명령이라면 강요를 하는 게 아니라 그들이 저지른 죄를 응징하는 것이지요."

언제나 그렇듯이 새로운 모험 앞에서 그들은 왈가왈부했다. 그러는 사이 일행이 그들 가까이 왔다. 돈키호테는 산초의 말에도 일리가 있다고 생각해서 단번에 그들에게 달려들지는 않았다. 대신 죄인을 감시하는 교도관들에게 그들을 그렇게 끌고 가는 연유나 알려달라고 아주 공손하게 부탁했다.

말을 타고 가던 교도관들 중 한 명이 그들은 죄를 지어서 갤리선에 노역을 가는 길이며 더 이상 덧붙일 말도 없고 돈키호테가 알아야 할 일도 아니라고 대답했다. 그러나 순순히 물러날 돈키호테가 아니었다.

"그렇더라도 나는 이 사람들 하나하나씩 이런 불행을 겪게 된 연유를 알고 싶군요."

교도관은 돈키호테를 흘끗 바라보더니 귀찮다는 투로 대답했다.

"판결 증명서가 있긴 있소. 하지만 지금 일일이 꺼내서 읽을 만한 시간이 없소. 궁금하다면 당신이 직접 그들에게 물어보시오."

그로서는 제법 호의를 베푼 셈이었다. 하긴 돈키호테는 교도관들이 허락을 하지 않았더라도 물어볼 판이었다. 그는 맨 앞줄에 선 사람에게 도대체 무슨 죄를 지었기에 이런 딱한 처지에 놓이게 되었느냐고 물었다. 그러자 그가 대답했다.

"사랑 때문이지요."

돈키호테가 놀라서 말했다.

"아니, 사랑 때문이라고요? 사랑 때문에 갤리선 노역을 해야 한다면 나 같은 사람은 벌써 한참 전부터 노를 젓고 있었겠네."

"제가 한 사랑은 남들과는 조금 다른 사랑입니다. 하얀 옷들이 가득 들어 있는 빨래 바구니를 너무 사랑한 나머지 그걸 꽉 껴안아버린 거지요. 그런데 법이 그 바구니를 내게서 강제로 빼앗아 간 겁니다. 현행범이라 고문은 안 받았지만 곤장 100대를 맞고 3년 노역에 처해졌지요."

돈키호테는 두 번째 죄수에게도 똑같은 질문을 했다. 그는 괴로운 표정을 지으며 대답을 하지 않았다. 그러자 첫 번째 죄수가 대신 대답을 했다.

"그 사람은 음악가이자 가수랍니다. 노래를 잘못 부른 바람에 잡혀가는 거랍니다."

"아니, 노래를 부른다고 잡혀간단 말이오?"

"우리는 고문을 받고 자백을 하는 것을 노래 부른다고 하지요. 이 친구는 고문을 받고 자기가 남의 가축을 훔친 걸 자백했답니다. 바보같이 자백을 하다니! 우리 모두 이 친구를 비웃고 업신여기는 통에 말도 하지 않는 거랍니다. 이 친구는 6년 형을 받았지요. '맞습니다'하고 '아닙니다'하고 글자 수도 똑같은데 뭐 어렵다고 '맞습니다'라고 했는지 원. 사느냐 죽느냐는 모두 세 치 혀에 달려 있는 것 아니겠습니까?"

돈키호테는 고개를 끄덕였다.

"맞는 말이야. 내 생각과 똑같소."

이어서 돈키호테는 세 번째 사람에게 같은 질문을 했다. 그러자 그가 대답했다.

"전 돈 10두카트가 없어서 이렇게 끌려가는 거랍니다. 5년 형을 받았지요."

"그렇다면 내가 20두카트를 당신에게 주겠소. 그러면 당신은 고통에서 벗어날 수 있지 않겠소?"

"그래봤자 바다 위에서는 아무 소용이 없습니다. 제게 그 돈을 제때 주셨더라면 공증인과 변호사를 살 수 있었을 텐데 말입니다. 돈이란 제때 쓰기만 하면 한순간에 모든 것을 뒤집을 수 있지요."

돈키호테는 이어서 네 번째 사람에게 갔다. 그는 가슴까지 수염을 늘어뜨리고 있어서 위엄이 있어 보였다. 돈키호테가 그에게 사연을 묻자 그는 웃기만 할 뿐 대답하지 않았다. 그러자 옆에 있던 죄수가 대신 대답했다.

"이 사람은 외로운 사람들을 맺어준 죄로 이렇게 벌을 받는 거랍니다. 뚜쟁이 노릇을 한 거지요. 거기다 생긴 게 마법사 같다고 4년 형을 받았지요."

"아니, 외로운 사람들을 맺어준 것도 죄가 된단 말이오? 그런 일은 훌륭한 사람이나 할 수 있는 일이 아니오! 그런 사람이

불행한 자들에게 자유를 안겨준 모험

95

어떻게 마법사란 말이오!"

그러자 풍채가 훌륭한 늙은 죄수가 직접 대답했다.

"그러게 말입니다. 저는 마법사가 아닙니다. 단지 사람들을 즐겁게 해주려고 여인들과 남자들을 맺어주고 돈을 좀 받은 것뿐이지요. 그런 좋은 일을 했다고 벌을 받는다는 건 옳지 않지요."

죄수들의 죄목을 일일이 다 물어본 돈키호테는 그들에게 장황하게 일장 연설을 했다.

"친애하는 여러분, 여러분이 해준 이야기를 듣고 나는 분명히 알았소. 여러분이 여러분에게 주어진 형벌을 아주 부당하다고 생각하는 것이 당연하오. 어떤 이는 고문을 받다가 용기가 좀 부족했고, 어떤 이는 돈이 좀 부족했을 뿐이오. 결국 정신이 흐린 재판관이 여러분에게 이런 부당한 판결을 내린 것이오. 이때 정말 필요한 것이 바로 나의 기사도요. 부당하게 탄압받는 약자를 돕지 않는다면 나의 기사도를 도대체 어디서 발휘하겠소. 내 여기 있는 교도관들께 당신들의 결박을 풀고 자유롭게 해주라고 하겠소."

이어서 돈키호테는 교도관들을 향해 말했다.

"교도관 여러분, 이 가없은 이들은 당신들에게 직접 해를 입히지도 않았소. 사람이 사람을 벌할 수는 없는 법이오. 저 하늘에 계신 하느님께서 악한 자는 벌을 주시고 착한 자는 상을 주실 거요. 그러니 모든 일을 하느님께 맡기고 어서 이들을 풀어 주시오. 자, 내가 이렇게 조용히 부탁할 때 들어주는 게 좋을 거요. 만일 내 요구를 들어주지 않는다면 부득이 내 창과 칼의 힘을 빌릴 수밖에 없소."

교도관들이 어이없다는 표정을 지었다. 한 교도관이 말했다.

"하, 이게 도대체 뭔 소리야! 별 거지 같은 소리를 다 듣겠네. 자기가 무슨 국왕 전하라도 되는 줄 아나? 이봐! 공연히 헛수고 하지 말고 당신 갈 길이나 가시지."

그의 빈정거리는 말에 돈키호테의 노여움이 폭발했다.

"헛수고? 그래 헛수고하고 있는 쥐새끼는 바로 너다! 이 나쁜 놈아!"

돈키호테는 그 교도관이 손쓸 틈도 없이 재빨리 창으로 찔러버렸고 교도관은 바닥으로 나동그라졌다. 그러자 다른 교도관들이 놀라 칼과 창을 들고 돈키호테에게 달려들었다. 돈키호테에게 다행이었던 것은 창에 찔려 땅에 떨어진 교도관만 총을 가지고 있었다는 사실이었다. 돈키호테는 조금도 당황하지 않고 침착하게 그들을 기다렸다.

그때였다. 도망칠 기회가 찾아온 것을 안 죄수들이 자신들을 줄줄이 엮고 있던 쇠사슬을 풀어버렸다. 아마 그런 일이 벌어지지 않았다면 돈키호테에게는 정말 참혹한 일이 벌어졌으리라. 돈키호테를 향해 달려들던 교도관들은 결박을 풀어버린 죄수들을 쫓아다니랴, 달려드는 돈키호테를 막아내랴, 정신이 하나도 없었다. 그 와중에 죄수 한 명이 바닥에 떨어진 총을 들고 교도관들을 겨누자 그들은 걸음아 날 살려라, 하고 모두 도망가버렸다.

승리감에 취한 돈키호테가 죄수들을 둥글게 모아놓고 말했다.

"여러분처럼 선량한 사람들은 당연히 은혜에 보답할 줄 알리라 믿소. 여러분이 내게 은혜를 갚을 길을 알려주겠소. 지금부터 토보소로 가서 둘시네아 델 토보소 공주님을 뵙고 '우수에 찬 얼굴의 기사'가 그대들을 보냈다고 말씀드리시오. 그대들이 자유를 얻기까지 했던 모험을 하나도 빠짐없이 말씀드리도록 하시오. 그런 후 각자 자신의 운명이 이끄는 대로 어디든 마음대로 가도록 하시오."

돈키호테의 일장 연설을 들은 죄수들은 그렇지 않아도 돈키호테가 제정신인가 미심쩍어하던 참에 그가 정말로 미쳤다고 확신했다. 미친놈에게 사정을 봐줄 그들이 아니었다. 그들은 바로 돈키호테를 향해 돌팔매질을 하기 시작했다. 방패로 막을 틈도 없었다. 산초는 당나귀 뒤에 숨어 그들의 돌팔매질을 피하느라 정신이 없었다.

돌에 맞은 돈키호테와 산초는 금방 바닥에 나동그라졌다. 그러자 죄수들이 두 사람에게 달려들어 옷을 모조리 벗기고 전리품을 나누어 가진 후 뿔뿔이 흩어져 가버렸다. 돌시네아 델 토보소 공주님을 만나러 간 것이 아님은 물론이다. 그들은 재빨리 신성형제단으로부터 몸을 피한 것이었다.

그들이 모두 사라지고 둘만 남자 산초는 당장이라도 신성형제단이 와서 자신들을 잡아갈까 봐 알몸인 채 벌벌 떨었고, 돈키호테는 자신이 은혜를 베풀어준 죄수들이 한 짓에 대해 몹시 괘씸해하고 있었다.

시에라모레나 산맥에서 겪은 모험

돈키호테는 참담한 자신의 모습을 되돌아보며 산초에게 말했다.

"산초야, 천한 자들에게 선을 베푼다는 건 바다에 물을 떠다 붓는 것과 같다고들 하더니 정말 그렇구나. 네 말을 들었더라면 이런 꼴은 안 당했을 것을. 하지만 이미 벌어진 일을 어쩌겠느냐. 앞으로는 내 자숙하겠다."

"주인님께서 자숙을 하신다고요? 그렇다면 제가 투르크 사람입니다. 어쨌든 이제 제 말도 좀 들어주세요. 주인님께서 큰일을 저지르셨으니 우선 신성형제단을 피해야 합니다. 그들에게는 기사도가 통하지 않아요. 제발 부탁입니다."

"산초, 너는 천생 겁쟁이로구나. 그래도 이번에는 네 말을 받아들이겠다. 나는 그렇게 고집불통이 아니거든. 하지만 결코 도 망가는 것이 아니다. 단지 네 부탁을 들어주었을 뿐이야."

　두 사람은 몸을 추스르고 바로 길을 떠났다. 그리고 근처에 있는 모레나 산맥 한 줄기로 접어들었다. 산초는 그 산속에 신성형제단의 눈을 피해 며칠간 숨어 있을 작정이었다. 그 계획을 세울 수 있었던 것은 다행히 당나귀에 실려 있던 양식을 죄수들이 약탈해 가지 않아 고스란히 남아 있었기 때문이었다.

　산속으로 들어가면 들어갈수록 돈키호테는 점점 더 기대감에 들떴다. 자신이 그토록 갈망하던 모험을 치르기에 적합한 곳으로 들어간다는 생각이 들었기 때문이었다. 그는 그런 험한 곳에서 편력기사들이 겪은 모험들을 기억해내고 자신에게 곧 그런 모험이 벌어질 것이라고 기대하고 있었다. 하지만 산초는 달랐다. 길을 가다가 배가 고프면 먹고 다시 한적한 길을 가다 보니 산초는 행복해졌다. 굳이 다른 모험을 찾아 나설 필요가 있을까 하는 여유로운 생각까지 들었다.

　그런 한가로운 생각에 잠겨 있던 산초가 눈을 들었을 때였다. 돈키호테가 가던 길을 멈추고 말에서 내리더니 땅에 떨어진 웬 가방 하나를 들어 올리려 하고 있었다. 가방은 무척이나 무거워 보였다. 가방을 들어 올린 돈키호테가 산초에게 안에 무엇이 들어있는지 열어보라고 했다. 산초가 얼른 당나귀에서 내려 가방을 열어보니 얇은 셔츠 네 벌과 손수건들이 있었고 손수건 안에는 금화가 잔뜩 들어 있었다. 산초가 자신도 모르게 소리쳤다.

"오, 하늘이시여! 이토록 큰 행운을 맞이할 모험을 할 수 있게 해주시다니, 축복받으소서!"

그는 가방을 더 뒤졌다. 그러자 화려하게 장식된 수첩이 나왔다.

"산초야, 내 생각에는 어느 길 잃은 나그네가 이 산을 지나다가 강도들을 만나 봉변을 당한 것 같구나. 가방만 남은 걸 보니 아마 목숨도 빼앗긴 것 같다."

"아닙니다, 주인님. 만일 강도라면 이렇게 돈을 남겨놓았겠습니까?"

"그렇긴 하구나. 그렇다면 도대체 무슨 일이 있었던 건지 모르겠구나. 산초야 그 수첩을 이리 줘라. 그 안에 단서가 있을지 모르겠다."

돈키호테가 수첩을 펼쳐보니 제일 먼저 소네트 시가 한 편 보였다. 훌륭한 글씨체였다. 돈키호테는 큰 소리로 그 연시를 읽었다. 돈키호테는 매우 훌륭한 시라고 감탄했지만 산초는 도대체 무슨 말인지 모르겠다고 툴툴거렸다. 돈키호테는 수첩을 품에 넣은 뒤 가방을 계속 뒤져 더 많은 시와 편지를 찾아냈다. 모두 원망과 비탄, 불신, 단맛과 쓴맛, 망설임이 담겨 있었다. 확실한 것은 그 시와 편지를 쓴 사람이 환멸에 빠진 연인이라는 것뿐이었다.

사실 산초는 그 가방의 주인이 누구고 사연이 무엇인지에는 관심이 없었다. 그동안의 모든 고생을 보상해줄 만한 금화를 발견한 것이 너무 기쁠 따름이었다. 반면에 '우수에 찬 얼굴의 기사'는 이 가방의 주인이 과연 누구인지 궁금증에 사로잡혔다. 그러나 인적 없는 험한 산속에서는 그 궁금증을 풀 방법이 없었다. 그저 로시난테의 발길이 이끄는 대로 가는 수밖에 없었다.

그들이 산길을 걷고 있는데 시야가 트이고 산꼭대기가 보였다. 그리고 웬 남자가 바위에서 바위로, 숲에서 숲으로 날렵하게 뛰어다니는 모습이 보였다. 거의 알몸이었으며 수염이 텁수룩했고 머리는 산발이었다. 맨발에 반바지를 입고 있었는데 갈가리 찢어져 맨살이 거의 드러나 보였다. 그는 잽싸게 지나가버렸지만 '우수에 찬 얼굴의 기사'는 그 세세한 것들을 단번에 알아보았다. 돈키호테는 그 남자를 가방의 주인으로 단정하고 산속을 얼마나 오래 헤매는 한이 있더라도 그를 찾아내겠다고 결심했다.

가방 주인을 찾아 나서겠다는 돈키호테의 말을 산초가 순순히 따를 리 없었다. 굴러온 행운을 스스로 차버리다니! 돈키호테는 고집을 부리는 산초를 겨우 구슬려 함께 산길을 달리기 시작했다.

그들이 산 어귀를 막 돌아갔을 때였다. 개울 속에 죽어 나자빠진 당나귀의 모습이 보였다. 몸통의 반은 이미 들개와 까마귀의 먹이가 된 처참한 모습이었다. 그 남자가 당나귀와 가방의 주인이라는 확신이 점점 더 짙어졌다. 그들이 당나귀를 바라보고 있을 때였다. 어디선가 양 치는 목동의 휘파람 소리가 들리더니 그들의 왼쪽에서 꽤 많은 양들이 나타났다. 그리고 그 뒤쪽에서 늙은 양치기의 모습이 나타났다. 돈키호테는 이리로 좀 내려와달라고 소리쳤다. 양치기가 내려오더니 당나귀를 가리키며 말했다.

"당나귀를 보고 계시군요. 그 당나귀가 그렇게 버려진 지 여섯 달이 넘었습니다. 그나저나 그 주인은 보셨나요?"

돈키호테가 대답했다.

"아무도 못 만났소. 가까운 곳에서 여행 가방과 주머니는 보왔지요."

"아, 그거요? 저도 보았지요. 하지만 가까이 갈 엄두도 못 냈습니다. 혹시 제게 큰 재앙을 불러올까 겁나서요. 재앙이란 놈은 마치 숨어 있는 악마 같아서 생각지도 못했던 곳에서 불쑥 달려들기 마련이니까요. 게다가 도둑으로 내몰릴지 알 게 뭡니까?"

그러자 산초가 재빨리 말했다.

"제 말이 그 말입니다. 저도 그것을 멀리서 보긴 했지만 가까이 가지 않았지요. 아마 그 자리에 그대로 있을 겁니다. 저도 복잡한 일에 끼어드는 건 딱 질색이거든요."

돈키호테는 산초의 말을 끊고 궁금한 것을 물었다.

"양치기 양반, 그 가방과 옷의 주인이 누구인지 알면 말해줄 수 있겠소?"

"저는 여섯 달 전부터 벌어진 일만 말씀드릴 수 있을 뿐입니다. 그 전 일은 모르지요. 그가 누구인지도 모르고요.

여기서 얼마 떨어지지 않은 곳에 양 치는 사람들이 묵어 가는 오두막이 하나 있습니다. 어느 날 그곳에 저 죽어 있는 당나귀를 타고 건장한 젊은이가 한 명 나타났습니다. 그러고는 우리에게 이 산속에서 어디가 가장 험난하고 인적이 드문 곳인지 묻더군요. 그래서 지금 우리가 있는 이곳이 바로 그런 곳이라고 말해주었습니다. 사실이니까요. 여기서 조금만 더 산으로 들어가면 나올 수도 없을 정도로 깊은 산중이라고 말해주었지요. 그랬더니 그는 그 방향으로 사라졌습니다.

그 후로 얼마 동안 그 젊은이의 모습은 볼 수가 없었지요. 그런데 어느 날 한 양치기가 그 젊은이 소식을 전해주었습니다. 그 목동이 산길을 가고 있는데 그가 불쑥 어디선가 나타나더니 다짜고짜 욕을 하며 주먹질을 하더랍니다. 그러고는 당나귀에 싣고 가던 음식을 모두 훔쳐서 믿을 수 없을 만큼 빠르게 산속으로 사라져버렸다는 겁니다. 우리 양 치는 목동 몇 명이 꼬박 이틀 동안 이 산맥에서 가장 으슥한 골짜기를 뒤지며 그를 찾아다녔습니다. 마침내 커다란 나무에 파인 구멍 속에 옹크리고 있는 그를 찾아냈지요. 그는 얌전하게 우리 앞으로 나왔습니다. 옷은 찢겨 있었고 얼굴을 흉하게 변해서 얼마 전의 준수한 젊은이 모습은 찾아볼 수 없었습니다.

그는 우리에게 예의 바르게 인사를 건넸습니다. 그리고 이런 행색으로 다니더라도 놀라지 마라, 자신이 지은 크나큰 죄의 대가를 받는 것이다, 하고 점잖게 말했습니다. 사연을 물어도 대답을 해주지 않더군요. 그러고는 자신이 전에 양치기 한 명에게 한 짓에 대해 용서를 구하고 눈물을 흘리더군요. 우리는 모두 그를 가엾게 생각했습니다. 그래서 앞으로는 우리가 먹을 것도 주고 지낼 곳도 마련해줄 테니 그 깊은 산속에서 나오라고 했습니다. 그는 이대로 지내는 게 마음 편하다며 정중하게 거절했습니다. 말하는 투나 행동이나 정말로 고상해서 훌륭한 집안 출신이라는 것을 모두 알 수 있었습니다.

그런데 그렇게 점잖게 이야기하던 그가 갑자기 입을 다물어 버렸습니다. 우리는 갑자기 변한 그의 모습을 가만히 지켜보았지요. 그는 눈을 감고 입술을 악물면서 눈썹을 찌푸렸습니다. 그러더니 갑자기 자리에서 벌떡 일어나더니 가까이 있던 사람에게 달려들었습니다. 어떻게나 사나운 모습이었던지 우리가 말리지 않았다면 그 양치기를 죽여버렸을지도 모릅니다. 그는 미쳐 날뛰면서 이렇게 말하더군요.

'이 사기꾼 페르난도야! 여기가 바로 네 무덤이다! 네놈의 심장에 자리 잡고 있는 사기와 속임수를 내 두 손으로 꺼내 보일 테다!'

그러더니 그는 산속으로 사라져버렸습니다. 그 후로 우리는 정신이 들었다 미쳤다 하는 그를 종종 만날 수 있었습니다. 사실을 말씀드리자면 어제 저와 제 친구 넷이서 그를 꼭 찾아내기로 했습니다. 억지로 마을로 데려가서 그를 치료해주던가, 아니면 최소한 그가 제정신일 때 신분과 가족을 알아내서 데려다줄 생각이었지요. 이상이 제가 드릴 수 있는 말씀의 전부입니다.”

돈키호테는 양치기로부터 들은 이야기에 감동했다. 그 불쌍한 미치광이가 어떤 사람인지 알고 싶은 호기심이 더욱 커졌다. 그는 온 산을 샅샅이 뒤져서라도 그 젊은이를 찾아내리라 결심했다.

그런데 운명이 그의 호기심을 금방 채워주었다. 바로 그때 어디선가 그들이 찾고 있던 젊은이가 모습을 드러냈던 것이다. 그는 무슨 말인가를 중얼거리면서 다가왔다. 그들 앞으로 다가온 젊은이는 예의를 다하여 그들에게 인사를 했다. 돈키호테도 그에 못지않게 예의를 다하여 인사한 후 말에서 내렸다. 그리고 다정한 태도로, 마치 그를 오래전부터 아는 사람인 양 한참 동안 포옹을 해주었다.

돈키호테를 ‘우수에 찬 얼굴의 기사’라고 부른다면 ‘불행한 얼굴의 누더기 기사’라고 부르는 게 어울릴 법한 그 젊은이는 돈키호테가 자신을 포옹하는 대로 내버려두었다. 그는 돈키호테의 얼굴과 체격, 무기를 보고는 돈키호테가 그를 보았을 때 못지않게 놀랐다. 두 이상한 사나이는 오랫동안 포옹을 했고 ‘누더기 기사’가 먼저 말을 꺼냈다.

모레나 산맥에서 '누더기 기사'가 들려준 이야기

'누더기 기사'가 돈키호테에게 말했다.

"기사님이 누구신지는 모르겠지만 저에게 보여주신 호의에 감사드립니다. 하지만 그저 감사만 드릴 뿐 제가 그 호의를 갚아드릴 수 없어서 안타까울 뿐입니다."

"걱정 마시오. 나는 오로지 당신을 도울 수 있기만 바랄 뿐이오. 당신의 이야기를 듣고 당신의 고통을 해결할 방법을 찾기 전까지는 결코 이 산맥을 벗어나지 않을 것이오. 자, 부디 당신이 누구인지, 왜 이곳 깊은 산중으로 와서 짐승 같은 생활을 하고 있는지 들려주시오. 내가 도울 길이 없더라도 당신의 불행을 함께 아파할 것이오. 아무리 불행한 사람일지라도 그 불행을 함께 아파해줄 사람이 곁에 있다면 그것만으로 위안이 되는 법 아니겠소?"

'우수에 찬 얼굴의 기사'의 이야기를 듣고 있던 '누더기 기사'는 상대방을 아래위로 훑어보았다. 그러고 나서 돈키호테를 물끄러미 바라보며 말했다.

"혹시 먹을 것이 있다면 좀 주십시오. 음식을 먹고 나서 제게 부탁하신 것을 말씀드리겠습니다."

산초는 자신의 자루에서, 목동은 가죽 주머니에서 먹을 것을 꺼내주었다. '누더기 기사'는 두 사람이 준 음식을 정신없이 허겁지겁 먹었다. 음식을 다 먹고 나자 그는 따라오라는 신호를 하며 앞장섰다. 그는 사람들을 거기서 조금 떨어진 풀밭으로 데리고 갔다. 그곳에 모두 앉자 잠시 숨을 돌리더니 그가 말했다.

"여러분, 저의 크나큰 불행에 대해 알고 싶으시다면 제 이야기 도중에 질문을 하거나 끼어들지 않겠다는 약속을 해주시기 바랍니다. 만일 그렇게 된다면 제 이야기는 도중에 끝나게 될 것입니다. 쓰라린 고통의 이야기를 길게 끌고 싶지 않아서입니다."

돈키호테가 그러겠다고 약속하자 '누더기 기사'는 이야기를 시작했다.

"제 이름은 카르데니오입니다. 안달루시아 지방에서도 이름

있는 도시에서 부유한 부모님 밑에서 자란 귀족입니다. 제게는 사랑스러운 여인 루신다가 있었습니다. 저와 마찬가지로 귀족 가문의 부잣집 딸이었지요. 우리 둘은 열렬히 사랑했고 서로 사랑의 편지도 주고받았습니다. 저는 마침내 루신다의 아버지께 그녀를 아내로 맞이하게 해달라고 청하기에 이르렀습니다. 그러자 그분께서 대답하시길, 가문의 명예도 있으니 제가 직접 청하기보다는 우리 아버지를 통해 정식으로 청혼을 하는 것이 좋겠다고 하셨습니다.

저는 그 말씀이 옳다고 생각하고 아버지를 만나러 갔습니다. 그런데 안방에 들어서는 순간 아버지가 기쁜 표정으로 웬 편지 한 장을 펼쳐들고 계셨습니다. 아버지께서는 제가 용건을 꺼내기도 전에 먼저 말씀하셨습니다.

'카르데니오야, 리카르도 공작님이 편지를 보내셨구나. 이 편지를 읽어보면 그분이 너를 얼마나 아끼시는지 알 수 있을 거다.'

여러분도 아시겠지만 리카르도 공작님은 안달루시아 지방에서 가장 부유한 영주시지요. 공작님께서는 제가 그분의 맏아들과 친구로 함께 지내주기를 원하신다는 편지를 보내신 것입니다. 제게 걸맞은 지위를 보장하겠다는 약속도 하셨지요. 편지를 보고 난 저는 아버지께 아무 말도 할 수 없었습니다. 제게 행운이 찾아왔다고 기뻐하시는 아버지께 결혼 이야기를 꺼낼 수 없었던 것이지요. 저는 리카르도 공작님 댁으로 떠날 수밖에 없었습니다.

저는 한밤중에 루신다를 찾아가 자초지종을 말했습니다. 루신다 아버지께도 리카르도 공작님을 우선 뵙고 그분 뜻을 알아보기까지 청혼은 잠시 미루어달라고 부탁을 드렸습니다. 루신다와 루신다 아버지께서는 굳게 약속을 해주었고 저는 리카르도 공작님의 영지로 떠났습니다.

공작님께서는 저를 정말 환대해주었습니다. 그렇지만 저를 정말 반겨준 이는 바로 공작님의 둘째 아들 돈페르난도였습니다. 성격도 좋고 아주 잘생긴 청년이었지요. 그의 형도 저를 잘 대해주었지만 돈페르난도에게는 비길 바가 못 되었습니다. 우리는 금방 친해졌습니다. 허물없는 사이가 된 것이지요. 자고로 친구 사이에는 비밀이 없는 법이지요. 저와 돈페르난도의 관계가 그랬습니다.

돈페르난도는 우정을 걸고 제게 모든 것을 털어놓았습니다. 그 당시 돈페르난도는 어느 시골 처녀를 몹시 사랑하고 있었습니다. 그 처녀는 부유한 농부의 딸이었습니다. 어떻게나 아름답고 얌전하면서 조신하고 정숙했던지 모든 사람이 입에 침이 마르게 칭찬을 했습니다. 게다가 아버지의 일손도 열심히 도와서 농장 일을 거의 도맡아하다시피 했습니다. 돈페르난도는 신분 차이가 있지만 그녀가 너무 훌륭한 여자라서 사랑하게 되었다고 제게 말했습니다. 그녀와 결혼 약속을 했다는 이야기까지 하더군요.

하지만 생각해보십시오. 말이 되는 이야기입니까? 그렇게 신분 차이가 나는 여자와 결혼을 하다니! 저는 진심을 다해 그의 마음을 돌리려고 애를 썼습니다. 그러나 그는 그럴 수 없다고 했습니다. 저는 리카르도 공작님께 사실을 말씀드려서 둘의 결혼을 막는 수밖에 없다고 생각했습니다. 그것이 그의 우정에 보답하는 길이라고 생각했습니다. 그러나 돈페르난도는 곧 제 생각을 눈치챘습니다. 제가 리카르도 공작님을 충실히 모시고 있으니 공작님의 명예에 먹칠할지 모를 일을 그냥 덮어둘 리 없다는 것을 그는 잘 알고 있었던 거지요.

그러던 어느 날 그가 제게 느닷없이 말했습니다. 그의 마음을 온통 사로잡고 있는 처녀를 잊기 위해서는 몇 달간 고향을 떠나 있는 것 외에는 방법이 없다고 말입니다. 실은 공작님에게서 저를 떼어내기 위한 꾀였지만 저는 아무것도 몰랐습니다. 공작님께는 명마의 본고장인 제 고향으로 가서 말을 몇 필 사 오겠다고 말하면 될 거라더군요. 저는 그의 말을 듣고 기뻤습니다. 사랑하는 루신다를 만나볼 기회니 마다할 이유가 없었지요.

그런데 제가 까맣게 모르고 있던 사실이 하나 있었습니다. 그가 제게 그런 제안을 했을 때는, 이미 결혼을 빙자하여 그 시골 처녀를 농락한 뒤였던 것입니다. 부친에게 발각될까 봐 두려워 살 길을 찾아보려 한 것이지요. 돈페르난도가 시골 처녀에게 지녔던 것은 진정한 사랑이라기보다는 욕망이었을 뿐이었습니다. 그 시골 처녀를 품에 안고 보니 열정이 사라지고 만 것이지요. 다시 말씀드리지만 그때까지 저는 그 사실을 몰랐습니다. 공작님의 허락을 받고 우리는 함께 저의 고향으로 갔습니다.

저는 반갑게 루신다를 만났습니다. 우리의 변함없는 사랑을 확인한 것은 물론이고요. 그런데 그만 제가 큰 실수를 하고 말았습니다. 돈페르난도가 제게 보여준 우정에 답한다는 생각에 루신다를 향한 제 사랑을 모두 털어놓고 만 것입니다. 저는 입에 침이 마르게 루신다가 얼마나 아름다우며 우아한지, 또한 슬기로운지 칭찬을 했습니다. 그러자 그는 그렇게 아름다운 여자를 한번 보고 싶다고 제게 청했습니다. 저는 그의 청을 들어주었습니다. 참으로 지지리 못난 짓이었지요. 어느 날 밤 저는 우리 두 사람이 만나 이야기를 나누는 창가에 촛불을 밝히고 그녀의 얼굴을 돈페르난도에게 보여주었습니다.

돈페르난도는 단번에 그녀에게 반했습니다. 그는 정신이 나간 표정을 짓더니 결국 그녀를 사랑하게 되었습니다. 그리고 제게 그녀를 칭찬하기 시작했습니다. 저는 돈페르난도가 두렵고 걱정되기 시작했습니다.

그러던 어느 날이었습니다. 루신다는 제게 기사도소설인『아마디스 데 가울라』를 빌려 갔습니다. 그녀는 그 소설을 무척 좋아했지요. 그녀는 그 소설을 다 읽고 제게 돌려주면서 책갈피에 편지를 끼워 보냈습니다.”

그때까지 얌전히 이야기를 듣고 있던 돈키호테가 기사도소설 이야기가 나오자 참지 못하고 끼어들었다.

“당신이 처음부터 루신다가 기사도소설을 좋아한다고 말했다면 그녀가 얼마나 훌륭한 여자인지 그렇게 길게 설명할 필요도 없었을 것이오. 당신이『아마디스 데 가울라』와 함께『돈루헬 데 그레시아』를 그녀에게 읽으라고 주었으면 좋았을 것을……..”

하지만 그보다는 돈키호테가 카르데니오의 말을 도중에 끊지 않는 것이 더 좋았을 것이다. 카르데니오는 한참을 고개를 숙이고 있더니 말했다.

"저도 그렇게 생각합니다. 바보 멍청이가 아니라면 누구나 그렇게 생각할 겁니다. 교활한 엘리사밧이 마다시마 여왕과 정을 통하지 않았다고 믿는 그런 바보 멍청이들 말입니다."

카르데니오가 중얼거리듯이 한 그 말에 돈키호테가 무섭게 화를 냈다. 그리고 카르데니오를 비난했다.

"어림없는 소리 마시오. 마다시마 여왕이 얼마나 품위가 있는 여인인데 그런 분이 엉터리 외과의사와 정을 통했을 리 없소. 거짓말쟁이나 저질 악당이나 그런 소리를 하는 거요."

그 순간 카르데니오가 이성을 잃었다. 그리고 돈키호테의 입에서 나온 거짓말쟁이니 저질이니 하는 소리가 그의 광기에 불을 질렀다. 그는 갑자기 돌멩이를 집어 들어 돈키호테의 가슴팍을 향해 던졌다. 돈키호테가 바닥에 나동그라졌다. 주인이 당하는 것을 본 산초 판사가 주먹을 불끈 쥐고 '누더기 기사'에게 달려들었다. 그러나 '누더기 기사'는 산초를 한 방에 쓰러뜨리고는 그 위에 올라타서는 신나게 두들겨댔다. 산초뿐이 아니었다. 돈키호테와 목동도 똑같은 꼴을 당했다. 카르데니오는 모두를 만신창이가 되도록 두들겨 팬 후 홀로 우아하게 산속으로 들어가버렸다.

　카르데니오에게 두들겨 맞아 정신이 없는 가운데서도 돈키호테는 이야기의 결말이 너무나 궁금했다. 그는 목동에게 혹시 어디 가면 그를 찾을 수 있는지 물어보았다. 양치기는 카르데니오가 어디 사는지는 잘 모르지만 주변을 여기저기 찾아본다면 멀쩡한 상태건 실성한 상태건 언제고 찾아낼 수 있을 것이라고 장담했다.

모레나 산맥에서 고행을 결심하다

　돈키호테는 양치기와 작별 인사를 한 후 다시 로시난테의 등에 올랐다. 그리고 험한 산속으로 더 깊이 들어갔다. 카르데니오도 찾고 더 본격적인 모험을 하겠다는 두 가지 목표에서였다. 뒤를 따르던 산초는 뭔가 주인에게 할 말이 있는 것 같았다. 하지만 돈키호테는 주인이 먼저 말을 하기 전에 종자가 먼저 입을 여는 일은 편력기사의 소설에 절대 나오지 않는다며 산초가 먼저 입을 여는 것을 엄격히 금하고 있었다. 하지만 아무리 기다려도 주인이 아무 말이 없자 산초는 참지 못하고 먼저 입을 열었다.

　"주인님, 저는 이제 처자식이 있는 집으로 돌아가고 싶습니다. 부디 허락해주십시오. 가족끼리라면 적어도 하고 싶은 말은

할 수 있지 않습니까? 허구한 날 주인님을 따라다니면서 하고 싶은 말이 있어도 입을 닫고 있으려니 마치 생매장이라도 당한 기분입니다. 모험을 찾아다닌다면서 발길질이나 당하고 돌팔매질과 주먹질이나 당하면서 아무 말도 할 수 없다니 너무 처참합니다."

"그래, 좋은 생각이다. 네가 집으로 돌아가서 둘시네아 공주님을 만나고 돌아오는 게 좋겠다. 공주님도 내 소식을 눈이 빠져라 기다리고 있을 테니. 그리고 말을 할 수 있게 해달라고? 좋아, 내가 함구령을 풀어줄 테니 어디 하고 싶은 말을 해봐라. 단 이 산을 벗어날 때까지 만이다."

"아직 산속이지요? 그렇다면 제가 한 말씀 드리겠습니다. 주인님은 도대체 무엇 때문에 그 마히마사인지 마다시마인지 하는 여왕님 편을 드시는 거지요? 그 외과의사인지 뭔지 하는 사람이 여왕님과 그렇고 그런 사이건 아니건 무슨 상관인데요? 그것 때문에 또 돌팔매질에다 주먹질을 당하지 않았습니까?"

"산초야, 네가 마다시마 여왕이 얼마나 훌륭한 귀부인인지 알았다면 내가 얼마나 인내심이 강한 사람인지 알았을 거다. 여왕님을 욕보이는 그놈의 주둥아리를 찢어버리지 않고 참아냈으니……."

"아이고, 여왕님이 정을 통했건 말건 제게는 아무 상관없습니다. 아니 그런데 주인님, 주둥아리를 찢어버리고 싶은 놈을 찾아 왜 이렇게 산속을 헤매십니까? 이것도 훌륭한 기사도란 말입니까? 그자는 우리를 보자마자 우리 갈비뼈를 작살내려고 달려들 판인데요."

"네가 나를 오해하고 있구나. 내가 이 깊은 산속으로 자꾸 들어가는 건 단지 그 미치광이를 찾기 위해서만은 아니다. 이 땅에서 영원히 명성을 남길 수 있는 무훈을 세우고자 하는 뜻이 있기 때문이란다. 편력기사로서 모험을 완성하기 위해서란다."

"주인님, 그런 무훈이라면 아주 위험한 것이겠네요?"

"아니다, 위험할 수도 있지만 모두 너 하기에 달려 있다."

"제가 하기에 달렸다고요?"

"그래. 내 말을 잘 들어라, 산초야. 아까 '아마디스 데 가울라'라는 이름을 들었지. 내가 그 미치광이가 사랑한 여자를 칭송한 것은 다 이유가 있단다. 아마디스야 말로 가장 완벽한 편력기사였다. 그 누구도 그에게 비길 수 없어. 나는 이제 아마디스 데 가울라가 했던 가장 훌륭한 과업을 여기서 완수하려고 해. 그가 지닌 모든 덕목들, 그러니까 신중함, 용기, 참을성, 강직함, 순결한 사랑을 한꺼번에 보여줄 그런 일이란다. 그는 오리아

나 공주가 자신을 박해하자 고행을 통해 스스로를 바꾸는 위대한 과업을 완수했지. 그는 그 고행을 통해 자신의 이름까지 벨테네브로스로 바꾸었어. 완벽한 기사로 다시 태어난 거지. 내게 이런 기회가 주어졌는데 어떻게 놓치겠느냐?"

산초는 주인이 무슨 말을 하는 것인지 도무지 알아들을 수 없었다. 사람이 다시 태어난다니 도대체 그게 가능하기나 한 일인가? 그가 다시 물었다.

"그렇다면, 주인님. 주인님은 이 깊은 산중에서 도대체 무슨 일을 하시려는 겁니까?"

"이미 말해주지 않았느냐? 절망에 빠져 분노한 아마디스가 했던 일을 그대로 하겠다는 것이다. 더불어 용감한 돈롤랑이 했던 일도 따라할 작정이다. 네 눈에는 내가 미친 짓을 하는 것으로 보일지도 모르지만 내 모든 행동 속에는 눈물과 통한이 들어 있다. 아마디스가 그 행동을 통해 영원불멸의 명성을 얻은 것처럼 나도 그런 명성을 누리게 될 것이다."

"글쎄요, 알쏭달쏭하긴 합니다만, 주인님께 한마디 드리고 싶습니다. 주인님, 그 아디다슨지 누군지는 공주에게 박해를 받아 그런 짓을 한 것 아닙니까? 그런데 주인님은 그럴 이유가 없잖아요? 어느 공주님께서 주인님을 박해한 것도 아니고 둘시네아 델 토보소 공주께서 무슨 부정한 짓을 저질렀다는 증거도 없는데요.”

“잘 말했다. 바로 그렇기에 내가 하려는 일이 그들보다 더 숭고하다는 거다. 기사가 그럴 만한 이유가 있어 미쳤다면 뭐 그리 감동적이겠느냐? 중요한 것은 아무 일 없이도 광기에 사로잡힐 수 있다는 것이지. 더욱이 나의 영원한 공주이신 둘시네아 델 토보소 공주님과 이렇게 오래 헤어져 있다는 것만으로도 충분한 이유가 된다.

자, 지금부터 나는 미치광이다. 네가 나의 둘시네아 공주님께 내 편지를 전해드리고 답장을 받아올 때까지 나는 미치광이로 있을 수밖에 없다. 만일 내가 기대했던 답장이 온다면 내 미친 짓도 끝나고 고행도 끝나겠지만, 만일 그렇지 못할 경우 나는 진짜 미쳐버릴지도 몰라.”

그들은 이런 말을 주고받으며 어느 높은 산기슭에 도달했다. 산기슭을 따라 실개천이 조용히 흐르고 있었고 그 주변을 온통 푸르른 초원이 둘러싸고 있어 보는 이의 눈을 즐겁게 해주었다. ‘우수에 찬 얼굴의 기사’는 그곳을 고행의 장소로 삼기로 하고 산초에게 말했다.

“산초야, 내가 고행을 시작하면 사흘 동안 내 모습을 잘 보고 새겨두도록 해라. 그 뒤에 떠나도 늦지 않다. 그동안 내가 둘시네아 공주님을 위해 행동하고 말한 것을 잘 보고 들었다가 둘시네아 공주에게 모두 전해주도록 해."

"아니 무슨 일을 하시려는 겁니까?"

"아직도 내 말을 못 알아듣는 거냐? 나는 모든 무장을 해제하고 세상에 태어났을 때처럼 알몸이 되려 한다. 그리고 이 바위들에 박치기를 할 것이다."

"아이고, 주인님의 고행이 어떤 것이건 이 충실한 종자는 주인님이 고생하시는 모습은 차마 못 보겠습니다. 그러니 사흘 동안 제가 주인님 고행을 본 것으로 해주십시오. 제가 공주님께 다 잘 말씀드리겠습니다. 어서 편지나 써주십시오. 그리고 제가 빨리 갔다 와야 되니 로시난테를 타고 갈 수 있게 해주십시오."

돈키호테는 산초에게 허락을 한 후 품에 넣었던 카르데니오의 수첩에 둘시네아에게 전할 편지와 함께 조카딸에게 전해줄 당나귀 양도증서를 썼다. 그는 그 증서에서 자신이 소유하고 있는 당나귀 다섯 마리 중에서 세 마리를 산초에게 주라고 하면서, 그가 이제까지 해준 수많은 봉사에 대한 대가라고 썼다. 그는 편지와 당나귀 양도증서를 써서 산초에게 주면서 말했다.

"이 편지를 둘시네아 공주에게 전해주어라. 그리고 내 연서에는 서명 대신 '죽는 순간까지 그대를 섬길 우수에 찬 얼굴의 기사'라고 써. 어차피 다른 사람이 대필하더라도 공주께서는 별로 개의치 않으실 거다. 내가 알기로 그분은 글을 쓸 줄도 읽을 줄도 모르고 평생 동안 내가 보낸 편지를 읽어본 적도 없다. 우리는 플라토닉 러브를 한 것이다. 내가 그분을 본 것도 통틀어 네 번이 되지 않으며, 그나마 내가 보고 있는 것을 그분이 알아차리신 것은 한 번밖에 되지 않을 것이다. 그분의 양친이신 로렌소 코르추엘로 님과 알돈사 노갈레스 님께서 그분을 고이고이 키웠기 때문이다."

그러자 산초가 눈이 휘둥그레지며 말했다.

"뭐라고요? 로렌소 코르추엘로의 딸이 둘시네아 델 토보소 공주님이라고요? 그 알돈사 로렌소가요?"

"그렇다 바로 그분이시다. 이 우주 전체의 여왕 자격이 있으신 분이다."

"그 처녀라면 저도 잘 압니다. 마을 전체에서 제일 힘센 젊은 이만큼이나 몽둥이를 잘 휘두르지요. 목소리는 또 얼마나 큰데요. 진흙 구덩이에 빠진 사람의 수염을 잡아채어 끄집어 낼 수 있는 사람이고요. 그런데 주인님, 도대체 그분께 왜 주인님의 무훈을 무릎 꿇고 전해드려야 하는 거지요? 탈곡장에서 일을 하다가 이게 도대체 무슨 이야기인가 하실 텐데요."

"넌 정말 언제나 말이 많구나. 너는 책도 안 읽었느냐? 책에 나오는 고결한 여인들은 대개 가공의 인물들이다. 다 지어낸 인물들이지 실제로 뼈와 살을 지닌 여인들이 아니야. 내가 알돈사 로렌소라는 훌륭한 아가씨를 아름답고 정숙하다고 생각하면 그걸로 충분한 거야. 단지 이것 하나만은 알아두어라. 한 남자의 마음에 사랑을 불러일으키는 게 딱 두 가지 있단다. 바로 아름다움과 평판이다. 그런데 둘시네아 공주는 이 두 가지를 완벽하게 갖추고 계시니 내 상상 속에서 가장 고결한 공주님이 될 자격이 충분히 있다. 이 세상에 지금까지 존재했던 그 어떤 이상적인 여인이라도 그녀에게는 미치지 못한다."

산초는 주인의 입에서 나오는 황홀한 찬사와 그 근육질의 우락부락한 알돈사 로렌소를 도무지 연결시킬 수 없었다. 주인의 말이 끝나자 산초가 입을 열었다.

"그러면 이제 로시난테의 등에 안장을 얹고 떠날 준비를 하겠습니다. 준비가 되면 바로 떠나겠습니다. 그나저나 제가 떠나면 주인님은 무엇으로 요기를 하실 생각이십니까? 카르데니오처럼 목동들 식량을 강탈할 작정이신지요?"

"그렇게 신경 쓸 것 없다. 설사 식량이 있다 할지라도 이 초원이 마련해준 풀과 열매 외에는 먹지 않을 거니까. 하지만 떠나기 전에 내가 벌거벗고 미치광이 짓을 하는 걸 한 30분만 보고 가지 않겠느냐? 그래야 네가 제대로 묘사할 수 있을 것 아니냐?"

"아이고 주인님, 그런 말씀 마십시오. 그 모습을 보면 저는 그만 울고 말 것입니다. 주인님 때문에 다시 울고 싶지는 않습니다. 그럼 안녕히 계십시오. 참, 나중에 제가 다시 이곳을 찾아올 수 있을지 모르겠습니다."

"그도 그렇구나. 산초야, 여기 지천으로 피어 있는 금작화 가지와 꽃을 꺾어서 가는 길에 뿌리도록 해라. 그러면 나중에 길을 잃지 않을 것이다."

산초는 곧 금작화를 꺾었고 돈키호테에게 작별을 고했다. 그는 금작화 가지들을 곳곳에 뿌리며 평원을 향해 길을 떠났다. 주인이 그렇게 자신의 미치광이 짓을 보고 가라고 했음에도 뿌리치고 떠나간 것이다.

그런데 얼마 지나지 않아 산초가 되돌아왔다.

"주인님, 주인님 말씀이 옳은 것 같습니다. 주인님의 미친 모습을 제 눈으로 보았다고 말하려면 최소한 한 가지 정도는 보아야 할 것 같습니다. 보지도 않고 봤다고 말하면 양심에 찔릴 것 같습니다."

"그러게 내 말대로 할 것이지. 기다려라, 산초. 내가 바로 보여주마."

말을 마친 돈키호테는 재빨리 바지를 벗어버리고 셔츠만 입은 벌거숭이가 되었다. 그러고는 두 팔을 짚고 물구나무서기를 하더니 허공에 솟은 두 다리를 두 차례 휘휘 내둘렀다. 두 번 다시 볼 수 없는 그 광경을 보고 만 산초는 로시난테의 고삐를 당겨 발길을 돌렸다. 그는 주인이 미쳤다는 것을 확인하고는 기분이 흡족했다. 주인이 그토록 바라던 일이 미친놈이 되는 것이었으니 만족하지 않을 이유가 없었다. 자, 이제 그가 길을 떠나 다시 돌아올 때까지 돈키호테를 가만히 내버려두기로 하자. 얼마 지나지 않아 산초가 돌아올 것이니 말이다.

산초, 돈키호테의 친구인
신부와 이발사를 만나다

'우수에 찬 얼굴의 기사'는 산초가 더 이상 그런 얼빠진 짓을 보고 싶지 않다는 듯 떠나버리자 소설에서 읽은 기사의 광태들을 이것저것 생각해내고 고민에 빠졌다. '과연 누구의 광태를 따를 것인가?' 쉽게 결론이 나지 않았기 때문이다. 돈키호테는 고민 끝에 역시 아마디스라는 결론을 내렸다. 그는 아마디스의 온갖 고행들을 기억해내며 그대로 흉내 내기로 작정했다.

돈키호테는 풀밭 여기저기를 돌아다니며 나무껍질과 모래 위에 시구들을 적으며 시간을 보냈다. 모든 시에서 슬픔이 묻어났으며 둘시네아를 향한 찬사를 담고 있었다. 또한 숲속의 요정들을 나지막이 부르면서 자신에게 화답하고 자신을 위로 해주기를 간절히 애원하면서 보냈고, 산초가 돌아올 때까지 허기를 채워줄 들풀을 찾아다니며 시간을 보냈다. 산초가 돌아오기까지 사흘밖에 안 걸렸기에 망정이지, 만일 3주일 쯤 걸렸다면 그의 몰골은 아무도 알아보기 어려울 정도로 흉해졌을 게 틀림없다.

하지만 앞서 말한 대로 돈키호테는 그 슬픔의 시들 속에 잠시 내버려두고 우리는 중차대한 임무를 맡고 길을 떠난 산초 판사의 뒤를 따라가보기로 하자.

국도로 나선 산초는 지난번에 담요 키질을 당했던 주막에 도착했다. 다시 들어가 보고 싶지 않은 주막이었지만 배가 고픈 건 어쩔 수 없어 발길이 저절로 문으로 향했다. 그가 문 앞에서 들어가나 마나 망설이고 있는데 웬 남자들이 주막에서 나오다가 산초를 알아보고는 그중 한 명이 다른 이에게 말했다.

"저, 신부님. 저 사람은 산초 판사가 아닙니까? 돈키호테의 종자가 되어 함께 길을 떠난 농부 말입니다."

"맞아, 저 말은 돈키호테의 말이네."

그들은 바로 돈키호테의 책을 화형에 처했던 신부와 이발사였다. 그들은 곧장 산초에게 다가갔다. 신부가 물었다.

"이봐, 산초 판사! 주인님은 어디 두고 이렇게 혼자인가?"

산초, 돈키호테의 친구인 신부와 이발사를 만나다

산초 판사도 두 사람을 알아보았다. 그는 처음에는 돈키호테가 대단히 중요한 일을 하고 있을 뿐 더 이상은 말해줄 수 없다고 버텼다. 하지만 둘이 계속 추궁을 하자 그동안의 모험에 대해 다 털어놓았다. 그리고 그가 지금 고행 중이라는 사실을 말해주었다.

두 사람은 입이 딱 벌어졌다. 돈키호테가 제정신이 아니라는 것은 이미 알고 있었지만 그의 기행에 대해 직접 들으니 기가 찰 노릇이었다. 산초는 자신이 둘시네아 공주에게서 반가운 회신을 받아 가면 주인님이 진짜 모험의 길을 떠날 것이며, 왕이 된 돈키호테가 자신을 영주로 삼게 될 것이라고 말했다. 산초의 이야기를 들은 두 사람은 돈키호테뿐 아니라 산초까지 제정신이 아님을 알게 되었다. 그들은 굳이 산초가 제정신 차리도록 애쓰지 않았다. 그래봤자 소용이 없다는 것을 알았기 때문이기도 했지만, 그의 이야기가 재미있었기 때문이기도 했다.

두 사람은 산초에게 일단 주막으로 들어가 식사를 하자고 했다. 그러자 산초는 자신은 밖에 있을 테니 두 사람만 들어가라고 했다. 여전히 주막에 들어가기가 겁이 났기 때문이었다. 결국 두 사람만 안으로 들어갔고 잠시 후 이발사가 산초에게 먹을 것을 갖다주었다.

두 사람은 안에서 어떻게 하면 돈키호테를 저 산중에서 끌어내 집으로 데려갈 수 있을 것인지 진지하게 의논했다. 곰곰이 생각하던 끝에 신부에게 묘안이 떠올랐다. 그 묘안이란 다음과 같았다.

우선 신부가 유랑하는 아가씨로, 이발사가 하인으로 변장하고 돈키호테를 찾아간다. 그리고 곤경에 처했으니 도와달라고 부탁한다. 자신에게 모욕을 준 기사에게 원한을 갚으려 하니 함께 가달라고 도움을 청하는 것이다. 또한 악당에게 원수를 갚을 때까지 절대 베일을 벗으라는 요구를 하지 말 것을 조건으로 내건다. 그러면 용맹스러운 기사인 돈키호테가 거절 못하고 그들을 따라올 것이다. 일단 이런 방법으로 돈키호테를 숲에서 끄집어내 마을로 데려간 뒤 그 미친병을 치료할 방법을 찾아본다.

신부와 이발사,
모레나 산맥에서 카르데니오를 만나다

이발사는 신부의 계책이 영 마음에 들지 않았다. 하지만 달리 뾰족한 방법이 없어 동의할 수밖에 없었다. 그들은 계획대로 분장하기로 했다. 그들은 주막집 여주인에게서 신부의 사제복을 담보로 맡기고 치마와 모자 달린 옷을 빌렸다. 이발사는 주막집 주인이 빗을 꽂아두던 소 꼬리털로 수염을 만들었다. 여주인은 신부에게 검은색 벨벳 띠가 들어간 모직 스커트를 입히고, 거기에 하얀 융단을 덧댄 초록색 벨벳 조끼를 걸쳐주었다. 마지막으로 신부는 모자 달린 옷 대신 잠잘 때 쓰는 수가 놓인 리넨 모자를 쓰고 검은색 비단 띠로 앞머리를 묶은 뒤, 수염 난 얼굴이 보이지 않도록 베일로 가렸다.

이윽고 준비가 끝나자 그들은 출발하려 했다. 그 순간 신부가 망설였다. 그는 자신의 복장이 영 마음에 안 들었다. 그리고 아무리 친구를 위하는 일이라 하더라도 신부의 몸으로 이런 복장을 한다는 게 도리가 아닌 것 같았다. 그는 이발사에게 옷을 바꿔 입자고 했다. 만일 이발사가 거절했다면, 악마가 돈키호테를 데려간다 할지라도 더 이상 이 일에 상관 않겠다고 버텼을 것이다. 다행히 이발사가 신부의 제안을 받아들여 서로 옷을 바꿔 입었다. 결국 이발사가 아가씨가 되었고 신부는 그를 모시는 하인이 되었다. 그들은 산초와 함께 시에라모레나 산맥으로 향했다.

다음 날 그들 일행은 산초가 나뭇가지에 미리 표시해둔 곳에 이르렀다. 산초는 여기가 주인이 있는 곳으로 들어가는 초입이라고 그들에게 말했다. 신부는 우선 산초 혼자 주인에게 가보라고 했다. 신부는 돈키호테에게 자신들 이야기를 절대 하지 말라고 산초에게 신신당부했다. 또한 돈키호테가 둘시네아의 답장을 가져왔냐고 묻거든 그렇다고 대답하라고 시켰다.

산초는 좁다란 실개천이 흐르고 시원한 바람이 부는 곳에 두 사람을 남겨놓고 산골짜기로 들어섰다. 때는 무더운 8월이었지만 다행히 시원한 바람이 더위를 식혀주었다.

산초가 떠난 지 얼마 되지 않아서였다. 두 사람이 그늘 아래서 조용히 쉬고 있는데 어디선가 노랫소리가 들려왔다. 너무나 달콤하고 감미로운 노래여서 감탄이 절로 나왔다. 내용도 절대로 양 치는 목동이 부를 만한 노래가 아니었다. 그들은 도대체 그 노래를 부르는 사람이 누구인지 궁금해서 그를 찾아 나섰다. 얼마 걷지 않아 사람의 모습이 보였다. 그들은 그 사람이 산초가 말해준 카르데니오임을 금방 알 수 있었다. 그는 두 사람을 보고도 놀라지 않았다. 고개를 들어 흘낏 한 번 쳐다보았을 뿐 생각에 잠긴 듯 다시 고개를 푹 숙였다.

신부가 그에게 다가갔다. 그리고 왜 이렇게 불행한 삶을 살게 되었는지 물었다. 산초가 그 이야기까지는 해주지 않아서 연유를 모르고 있었기 때문이었다. 하긴 산초가 해줄 이야기도 없었다. 산초는 전에 카르데니오가 들려준 이야기에는 아무 관심도 없었으니 말이다. 이때 카르데니오는 완전히 제정신으로 돌아와 있었다. 그는 신부의 요청대로 이야기를 시작했다.

카르데니오는 며칠 전에 돈키호테와 양치기들에게 들려주었던 이야기를 똑같이 해주었다. 하지만 이번에는 아무도 도중에 끼어들지 않아 끝까지 들을 수 있었다. 돈키호테가 끼어드는 바람에 중단되었던 이야기를 마저 소개하면 다음과 같다.

『『아마디스 데 가울라』라는 책에 끼워 넣었던 루신다의 편지를 보고 저는 그녀와 결혼을 서둘러야겠다고 생각했습니다. 돈페르난도도 그 편지를 보았습니다. 그걸 그에게 보여주다니 저는 정말 바보 같은 짓을 한 거지요. 너무나 훌륭한 내용으로 된 그 편지를 본 돈페르난도가 점점 더 그녀에게 빠져들었기 때문이지요. 그는 나를 질투했습니다. 그는 우리의 결혼을 망쳐놓으려고 작정하고는 가증스러운 꾀를 생각해냈습니다.

어느 날 그가 내게 말하더군요. 우리가 빨리 결혼할 수 있도록 자기가 도와주겠다는 겁니다. 그가 직접 우리 아버지를 만나 루신다 아버지께 청혼을 넣으시라고 권하겠다고 말했습니다. 저는 그때까지도 그가 우정으로 저를 도우려는 줄만 알았습니다. 아, 그 악마 같은 계략을 눈치 못 채다니!

그는 자기가 일을 성사시키는 동안 저보고 잠깐 자기 형에게 갔다 오라고 말하더군요. 사고 싶은 말이 여섯 마리쯤 생겼으니 그 돈을 받아오라는 것이었습니다. 그사이 그가 우리 아버지를 만나서 말씀을 드리겠다는 것이었지요. 저는 그의 속셈도 모르는 채 루신다에게 잠시 작별을 고했습니다. 돈페르난도가 우리 둘이 빨리 결혼할 수 있도록 힘써 도와줄 것이라는 이야기까지 했습니다. 정말 어리석었지요.

신부와 이발사, 모레나 산맥에서 카르데니오를 만나다

저는 목적지에 도착하자 돈페르난도의 형에게 편지를 보여 주었습니다. 그런데 내용이 무엇이었는지 그는 편지를 받고는 저를 바로 고향으로 돌려보내지 않았습니다. 나중에 알게 된 바로는 돈페르난도 수중에는 이미 말 열 마리 이상 살 수 있는 돈이 있었다더군요. 저는 돈페르난도의 형이 이런저런 일로 붙잡는 바람에 그곳에 일주일 이상 머문 후 고향으로 돌아왔습니다.

그런데 고향에 도착한 지 사흘 만의 일이었습니다. 한 남자가 편지를 갖고 저를 찾아왔습니다. 루신다의 편지였지요. 편지를 열어보니 이런 말이 쓰여 있더군요.

당신의 아버지를 만나 결혼을 도와주겠다는 돈페르난도의 약속은 당신을 위한 게 아니었습니다. 자신의 욕망을 채우기 위한 거짓말이었어요. 그가 우리 아버지께 저를 아내로 달라고 청했답니다. 이틀 후에 저는 몇 사람만 증인이 된 가운데 약혼을 하게 되었답니다. 우리의 약속이 깨지기 전에 이 편지를 당신이 볼 수 있기를 간절히 바랍니다.

저는 정신이 하나도 없었습니다. 저는 곧장 루신다의 집으로 달려갔습니다. 바로 그날 밤이 편지에서 말한 약혼 날이었기 때문입니다. 저는 전에 그녀와 단둘이 자주 만나던 방에서 남들 몰래 그녀를 만날 수 있었습니다. 저를 보자 그녀가 말했습니다.

'카르데니오, 저는 지금 결혼식 예복을 입고 있어요. 배신자 돈페르난도와 욕심 많은 아버지가 증인들과 함께 저를 기다리고 있어요. 이 약혼식은 제게는 죽음의 의식이 될 거예요. 저는 당신이 그 의식을 지켜보기만 바랄 뿐이에요. 제가 편지를 전한 건 그 때문이에요. 제가 막을 수 없는 약혼이니 가슴속에 품고 있는 단검으로 제 삶을 마감하겠어요.'

그녀는 저의 대답도 듣지 않고 방을 나갔습니다. 제 눈은 초점을 잃었고 정신이 나갔습니다. 저는 그 집을 잘 알고 있었습니다. 그래서 제 모습을 숨기고 안을 들여다볼 수 있는 곳을 찾아갔지요. 돈페르난도가 평상복 차림으로 있었고 아름다운 그녀는 어머니와 하녀와 함께 대기실에서 나왔습니다. 잠시 후 교구신부가 들어왔습니다. 그들이 루신다의 손을 잡고 '신부 루신다는 신랑 돈페르난도를 교회가 정하는 대로 합법적인 남편으로 받아들이겠습니까?'라고 물었을 때 제 심장은 얼어붙는 것 같았습니다. 저는 속으로 외쳤습니다. '아, 루신다! 당신은 나의 여자지 다른 사람의 아내가 될 수 없어요! 네, 하는 한 마디로 내 인생은 송두리째 없어진다는 것을 생각해요!'

하지만 저는 속으로만 중얼거릴 뿐 놈이 제 소중한 보물을 도둑질해 가는 것을 보고만 있었습니다. 그러니 제가 이렇게 돌아버릴 지경이 된 건 당해도 싼 일이지요. 신부는 루신다의 대답을 기다렸지만 그녀는 잠시 머뭇거렸습니다. 저는 그녀가 가슴에서 단검을 꺼내기를 기다렸습니다. 그러면 저도 함께 죽었을 것입니다. 그러나 제가 들은 것은 '네'라는 떨리는 목소리였습니다. 돈페르난도가 그녀에게 반지를 끼워주었습니다. 그러고는 신부를 껴안기 위해 손을 뻗는 순간 그녀는 어머니 품에 쓰러져 기절해버렸습니다. 그녀는 제게 거짓 약속을 한 것이었습니다.

그녀의 입에서 '네'라는 소리가 나오는 순간 저는 하늘로부터 버림받았습니다. 더 이상 디딜 땅도 없었습니다. 숨을 쉴 수도 없었고 눈물조차 나오지 않았습니다. 오로지 분노와 질투로 타버릴 것만 같았습니다. 저는 밖으로 나왔습니다. 그리고 결심했습니다. 저 두 원수에게 복수하는 대신 저 자신에게 복수하겠다고 말입니다. 저는 스스로에게 가혹한 형벌을 내렸습니다. 목숨을 끊어 고통에서 손쉽게 벗어날 자격도 없다고 생각했습니다.

저는 노새에 올라타고 작별 인사도 없이 무작정 산을 향했습니다. 그리고 그녀를 저주했습니다. 그러다가 그녀의 처지를 생각하고 용서도 했습니다. 그러나 다시 그녀를 향한 분노가 치솟기도 했습니다. 그러면서 여기까지 오게 된 것입니다. 피곤하고 배고픈 데다 노새까지 죽어버렸고 짐도 다 버렸습니다. 죽느냐 사느냐 이런 생각도 없이 그냥 쓰러져버렸지요. 그런데 정신을 차려보니 목동들이 제 곁에 있더군요. 저를 구해준 것입니다. 그 후 저는 정신이 오락가락하면서 그냥 이렇게 지냅니다. 정신이 온전할 때는 몸도 마음도 만신창이가 되어 꼼짝을 못 합니다. 목동들이 저를 가엾게 여겨 주고 간 음식들을 먹고 삽니다. 그들이 제게 음식을 주는 데도 정신이 나갔을 때는 그들에게 폭력을 휘두르며 강탈한다고 하더군요. 저는 그렇게 처량하면서 이상하게 살아갑니다. 하느님이 제 기억 속에서 루신다의 아름다움을, 그녀의 배신을, 그녀를 향한 내 사랑을 지워주시기 전까지는, 또한 돈페르난도에게 받은 배신과 모욕을 지워주시기 전까지는 그렇게 살 것입니다. 행여 저를 이 광기에서 건져내려는 노력은 하지 마십시오. 저는 루신다 없이 건강하게 사는 건 바라지도 않습니다. 그녀는 변심으로 나를 파멸시키고자 했습니다. 저는 스스로를 파멸시켜 그녀를 만족시

킬 예정입니다."

   그의 애절한 사연을 들은 신부가 뭐라 위로의 말을 꺼내려고
하는 순간 귓가에 무슨 소리가 들려와 입을 다물고 말았다.

신부와 이발사와 카르데니오가 만난
아름다운 여인 이야기

신부에게 들린 소리는 구슬픈 한탄이었다.

"아! 죽지 못해 사는 이 한스러운 몸을 이 깊은 산이 숨겨줄 수 있을까? 내가 죽으면 이 돌덩이들과 무성한 잡초가 다정한 동반자가 되어주겠지."

바로 옆에서 그 소리가 들리는 것 같아 신부와 일행은 목소리의 주인공을 찾아 나섰다. 열댓 걸음쯤 갔을까, 바위 뒤 물푸레나무 옆에 농부 차림의 젊은이가 앉아 있는 것이 보였다. 흐르는 물에 발을 씻는지 고개를 숙이고 있어 얼굴은 볼 수가 없었다. 그는 물소리에 인기척을 느끼지 못한 듯했다. 자세히 보니 농부의 두 다리가 마치 수정같이 뽀얀 색이었다. 궁금증에 신부의 신호대로 모두들 바위 뒤에 숨어 조심스럽게 젊은이를 지켜보았다.

그가 아름다운 다리를 씻고 난 후 물기를 닦기 위해 두건 속에서 손수건을 꺼내려고 했다. 바로 그때였다. 그가 손수건을 꺼내려고 얼굴을 드는 순간 너무나 아름다운 얼굴이 보였다. 카르데니오가 신부에게 낮은 목소리로 말했다.

"정말 여신같이 아름답군요."

젊은이가 두건을 벗고 머리를 이리저리 흔들자 아름다운 머리카락이 흘러내리기 시작했다. 농부인 줄 알았더니 연약한 여인이었던 것이다. 카르데니오가 만일 루신다를 몰랐다면 이 세상에서 가장 아름다운 여인이라고 생각했을 정도였다.

그들이 몸을 일으키자 그 아름다운 여인은 고개를 들어 소리 나는 쪽을 바라보았다. 그녀는 신부 일행을 보자 바로 옆에 있던 옷 뭉치를 집어 들고 황급히 도망치려 했다. 그러나 몇 걸음도 떼지 못하고 울퉁불퉁한 돌에 걸려 그대로 쓰러져버렸다.

세 사람은 숨어 있던 바위 뒤에서 나와 그녀에게 다가갔다. 신부가 말을 건넸다.

"아가씨, 도망갈 것 없소. 우리는 당신을 도와주고 싶을 뿐이오."

그녀는 너무 놀라 아무 말도 못했다. 아무도 없는 줄 알았던 깊은 산중에서 사람들을 만났으니 놀라는 것이 당연했다. 신부가 그녀의 손을 잡고 말했다.

"아가씨, 아가씨 같이 연약하고 아름다운 분이 이 깊은 산중에서 뭘 하고 계시오? 아가씨가 우리를 만난 건 행운이오. 우리가 당신의 괴로움을 해결해주지는 못할망정 적어도 충고 정도는 해줄 수 있을 것이오. 자, 우리를 믿고 아가씨의 불행과 고통을 우리에게 이야기해주시오."

신부가 점잖은 말투로 간곡하게 말하자 그녀는 깊은 한숨을 내쉬며 입을 열었다.

"아, 이 깊은 산중도 제 몸을 숨길 만한 곳이 못 되는군요. 하지만 여러분이 호의를 베풀어 주시니 제 이야기를 해드리겠어요. 저는 안달루시아의 어느 마을이 고향이에요. 부모님은 보잘 것없는 가문의 농부였지만 재산은 많았답니다. 그곳의 영주이신 공작님께 백성의 예를 다하며 행복하게 살고 있었지요. 저는 외동딸이라서 부모님 농사를 열심히 도왔습니다. 부유한 농부가 갖춰야 할 것은 다 갖추려고 노력을 했지요. 농장 경영일, 사람 부리는 일도 열심히 배웠고요. 그렇게 일이 바쁘다 보니 하인들 외에는 사람들도 만나지 않고 거의 숨어 지내는 셈이었답니다. 그런데 돈페르난도라는 사람의 집요한 눈이 저를 살펴

보고 있었지요. 아까 말씀드린 공작님의 둘째 아들이랍니다. 그는 생김새만 멀쩡할 뿐 공작님의 훌륭하신 인품은 전혀 물려받지 않은 사람이었어요."

농부 차림의 아가씨 입에서 돈페르난도라는 이름이 나오자마자 카르데니오의 안색이 바뀌더니 식은땀을 흘리기 시작했다. 신부와 이발사는 그가 또 광기에 빠지는 것이나 아닌지 걱정스러웠다. 그러나 카르데니오는 가만히 그 여인을 쳐다볼 뿐이었다. 여인은 카르데니오의 상태를 눈치채지 못한 채 이야기를 이어나갔다.

"나중에 돈페르난도는 저를 한눈에 보고 사랑에 빠졌다고 말했습니다. 그가 제 마음에 들기 위해 얼마나 많은 정성을 쏟았는지 다 말씀드리지는 않겠어요. 제 집에서 일하는 사람들을 다 매수했을 뿐 아니라 제 친척들에게도 잔뜩 선물을 안겼답니다. 그뿐인가요? 매일 낮 우리 집 앞 거리에서 온갖 축제를 열어 밤이 되면 음악 소리에 아무도 잠을 못 잘 지경이었어요. 게다가 숱한 약속과 맹세를 담은 편지들은 또 얼마나 자주 보내던지…….

하지만 그의 그런 모든 행동들은 제 마음이 더욱 굳게 닫히게 했을 뿐이었습니다. 사실을 말하자면 그토록 훌륭한 가문 사람에게 찬사를 듣는 것이 가끔 기쁘기도 했지요. 하지만 그 때마다 저는 부모님의 충고를 생각했습니다. 부모님은 그의 속셈을 꿰뚫어 보고 계셨던 거지요. 부모님은 돈페르난도와 저의 신분 차이로 보나 뭐로 보나 그가 진정으로 저를 사랑하는 것이 아니라고 말씀해주셨답니다. 일시적으로 저를 욕망의 대상으로 삼을 뿐이라고 충고해주셨지요. 부모님은 그의 욕망을 잠재우기 위해 서둘러 저를 다른 청년과 결혼시키려 하셨습니다. 그런데 그것이 더욱 그의 욕망을 부채질했습니다.

어느 날 밤 저는 하녀와 둘이 제 방에 있었지요. 제 순결을 지키려고 문단속을 철저히 했건만 어떻게 된 영문인지 그가 갑자기 나타났습니다. 나중에 안 일이지만 그 하녀를 매수한 것이었지요. 저는 너무 놀라 소리도 지르지 못했습니다. 그는 곧바로 제게 다가오더니 두 팔로 저를 껴안고는 정말로 능숙하게 '거짓말을 진실처럼' 이야기하기 시작했습니다. 어쩌면 거짓말을 그렇게 잘할 수 있는 건지, 눈물과 한숨까지 동원한 거짓말에 그만 저도 넘어가고 말았습니다. 저는 그에게 말했어요.

'기사님, 저를 이렇게 맹수처럼 꼭 껴안고 계시니 제가 순결을 지키려 해도 지킬 수가 없겠지요. 하지만 비록 당신이 팔힘으로 저를 가지시더라도 제 영혼은 결코 가지실 수 없을 거예요. 저는 평민이지만 귀족이신 당신처럼 저를 귀중하게 여긴답니다. 법적으로 제 남편이 아니라면 저는 결코 제 영혼까지 바치지 않을 것입니다.'

제 말을 다 들은 그가 드디어 입을 열었습니다.

'아, 너무나 아름다운 도로테아! 오로지 당신이 그것만 걱정하는 거라면 내 기꺼이 당신의 남자가 되리다.'

그러더니 그는 성상을 집어 들었습니다. 그것을 우리 결혼의 증인으로 삼은 거지요. 제 손에 반지도 끼워주었고요. 저는 그의 부모님이 아시면 얼마나 노여워하실지 생각해보라고 그를 설득했지요. 하지만 아무리 설득해도 그를 막을 수는 없었습니다. 솔직히 말씀드리자면 그의 열정적인 태도에 제 마음이 어느 정도 기울기 시작한 것도 사실이랍니다. 그때 하녀가 제 방을 나갔습니다. 아까 말씀드린 대로 미리 매수해놓은 거지요. 저는 그를 받아들일 수밖에 없었답니다. 바로 그날 이후 제게 불행이 찾아오기 시작했습니다. 저는 그날 돈페르난도와 헤어지면서 말했습니다.

'저는 이미 당신의 아내니 원하시면 언제고 제게 오실 수 있습니다.'

하지만 그는 그다음 날 단 한 번 저를 찾아왔을 뿐입니다. 그 후 거리에서도 성당에서도 그의 모습을 더 이상 볼 수 없었답니다. 그리고 얼마 후 그의 소식을 들었지요. 가문이 좋은 너무나 아름다운 아가씨와 약혼한다는 이야기였습니다. 그 이웃 도시의 아가씨 이름은 루신다인데, 약혼식 날 그 아가씨가 실신했다는 이야기도 들었지요."

카르데니오는 루신다라는 이름들 듣는 순간 어깨를 웅크리며 입술을 깨물고 미간을 찌푸렸다. 그리고 눈물을 두어 방울 떨어뜨렸다. 그러나 도로테아는 멈추지 않고 이야기를 계속했다.

"그 소식을 듣는 순간 제 마음은 그를 향한 노여움과 증오로 불타올랐습니다. 저는 지금 보시는 대로의 복장을 했습니다. 아버지의 하인인 목동이 마련해주었지요. 저는 그 하인을 설득해 밤에 함께 집을 나와 그 도시로 향했습니다. 여자 혼자 길을 떠날 수는 없었기 때문이었지요. 저는 혹시 몰라서 여자 옷 한 벌과 보석, 돈도 준비했습니다. 돈페르난도를 만나 무슨 생각으로 제게 그런 일을 저질렀는지 해명이라도 듣고 싶었습니다. 저는 도시에 도착하자 길에서 만난 사람에게 루신다의 집이 어딘지 물었습니다. 그런데 그 사람은 루신다의 집은 왜 묻느냐며 제게 그날 밤 벌어진 일을 자세하게 이야기해주었습니다. 그날 벌어진 일을 그 도시 사람들은 다 알고 있었는데 저는 몰랐던 것이지요.

루신다는 돈페르난도가 약혼반지를 끼워주자 그 자리에서 실신했다고 하더군요. 루신다가 실신하자 돈페르난도가 그녀의 호흡을 편하게 해주려고 가슴의 단추를 풀어주었답니다. 그러자 거기서 루신다가 부모님에게 남긴 편지가 나온 거지요. 그 편지에서 그녀는 자신은 돈페르난도의 아내가 될 수 없으며 카르데니오의 아내라고 했다는 겁니다. 돈페르난도에게 '네'라고 대답한 건 부모님의 뜻을 거스를 수 없었기 때문이라고 쓰여 있었지요. 약혼식 후 그녀가 목숨을 끊으려 한다는 이야기도 적혀 있었고요. 편지라기보다는 유서였던 셈입니다.

질투심과 분노에 사로잡힌 돈페르난도는 그녀를 죽이려고 달려들었지만 주위 사람들이 모두 막아서 뜻을 이루지 못했다고 하더군요. 그 후로 돈페르난도는 즉시 그 도시에서 사라졌답니다. 루신다는 다음 날 깨어나자 자신의 진정한 남편은 카르데니오라고 말한 후 그녀 역시 부모 몰래 어디론가 사라져버렸답니다.

그 모든 사실을 알게 된 저는 모든 것을 하느님의 뜻으로 알고 부모님께 돌아가 제 영혼의 순결을 지키며 살리라 작정했습니다. 하지만 그것도 제 뜻대로 되지 않았습니다.

제가 막 그곳을 떠나려는데 길에서 누군가가 큰 소리로 사람들에게 외치는 소리가 들렸습니다. 그 사람은 제 나이며 용모를 말하면서 저를 찾아주는 사람에게는 막대한 사례금을 주겠다고 떠들고 있었습니다. 이게 도대체 무슨 일인가 하고 저는 귀를 기울였어요. 그런데 참으로 놀랄 만한 이야기를 하고 있었습니다. 제가 길 안내를 위해 하인을 데리고 왔다고 말씀드렸지요? 그 하인이 저를 꼬여 함께 도망을 갔다며 우리를 잡으면 사례금을 주겠다고 소리치고 있었던 것입니다. 그는 아버지가 저를 잡기 위해 보낸 사람이었습니다.

저는 정말 가슴이 아팠습니다. 말없이 가출한 사실만으로도 제 명예가 땅에 떨어졌는데 하인과 도망을 쳤다니! 저는 이제 돌아갈 곳이 없어진 셈이었습니다. 저는 하인과 함께 그 도시를 떠났습니다. 부모님께서 보낸 사람들에게 발각될까 봐 그날 밤 깊은 산속에 숨었습니다. 그런데 왜 제게 불행은 꼬리를 몰고 오는 것일까요? 그날 밤, 그 하인이 그만 딴마음을 품고 저를 사랑한다고 고백을 하는 게 아니겠습니까? 제가 심하게 나무라자 그는 제게 달려들었습니다. 다행히 하느님이 도와주셔서 그를 벼랑 아래로 밀칠 수 있었지요. 그가 죽었는지 살았는지 모르겠지만 어쨌든 그에게서 벗어날 수는 있었습니다. 그리고 부모님에게서 멀어지기 위해 점점 더 깊은 산으로 들어오게 되었습니다. 그러던 어느 날 한 목장 주인을 만나 목동 행세를 하며 지내게 되었답니다. 하지만 언제까지 제 정체를 감출 수 있었겠어요? 주인은 제가 남자가 아니라는 것을 눈치채고, 제 하인처럼 제게 음흉한 생각을 품었어요. 그래서 저는 다시 그의 눈을 피해 몸을 숨겼답니다. 죄도 없이 고향을 떠나 부모님은 물론이고 모든 사람들로부터 도망가야만 하는 제 신세가 너무 가련하여 이렇게 한탄하고 있었던 거랍니다."

도로테아, 공주가 되어 돈키호테에게 가다

그녀의 긴 사연이 마침내 끝났다. 얼굴빛은 슬픔과 수치심으로 고통스럽게 변해 있었다. 세 사람은 모두 그녀에게 깊은 동정을 느꼈다. 신부가 그녀를 위로하려는데 카르데니오가 끼어들었다.

"그렇다면 아가씨, 바로 당신이 바로 저 부유한 클레나르도 댁의 외동딸 도로테아란 말입니까?"

도로테아는 형편없이 남루한 행색에 몰골도 엉망인 남자가 아버지 이름을 들먹이자 놀라며 말했다.

"누구신데 우리 아버지 이름을 알고 계신 거지요?"

"정직하게 말씀드리지요. 내가 바로 루신다의 불행한 남편 카르데니오입니다. 저는 스스로를 증오한 나머지 이 산중에 숨어 살고 있습니다. 하지만 운명이 저를 저버리지 않은 모양입니다. 이렇게 당신을 만나게 되다니……. 당신 이야기대로 결국 루신다는 제 아내이므로 돈페르난도와 결혼할 수 없고 돈페르난도 역시 당신의 남편이므로 그녀와 결혼할 수 없습니다. 자, 나도 당신을 도울 테니 하늘이 우리에게 사랑하는 사람을 되돌려줄 수 있도록 노력하기로 하지요. 당신이 원한다면 당신의 명예를 되찾기 위해 함께 달려갈 수도 있습니다.”

신부는 카르데니오의 생각이 훌륭하다고 칭찬했다. 그리고 자신과 함께 마을로 가자고 제안했다. 거기서 필요한 것들을 챙기면서 돈페르난도를 찾거나 도로테아를 부모님께 데려다줄 계획을 세울 수도 있다고 말했다. 카르데니오와 도로테아는 신부의 제안을 감사히 받아들였다.

그때였다. 큰 소리로 사람들을 찾는 낯익은 목소리가 들렸다. 바로 산초 판사였다. 그가 그들을 남겨두고 떠난 자리로 돌아와보니 아무도 없어 소리를 지른 것이었다. 그들은 함께 산초에게 갔다. 산초는 돈키호테가 야위고 누렇게 뜬 얼굴로 죽어가면서 둘시네아 아가씨 이름만 되뇌고 있다고 말했다.

신부는 카르데니오와 도로테아에게 돈키호테를 집으로 다시 데려가기 위해 그들이 세운 계획을 이야기해주었다. 그러자 도로테아가 멋진 제안을 했다. 이발사가 맡기로 했던 공주 역을 자신이 하는 게 어떻겠느냐는 것이었다. 마다할 이유가 없었다. 그녀는 가지고 있던 보따리에서 값비싼 모직 스커트와 화려한 스카프를 꺼낸 다음 여러 가지 장신구도 꺼냈다. 만약에 대비하여 집에서 나올 때 가져온 것들이었다. 그녀가 옷을 갈아입고 치장을 하자 단번에 아름다운 귀부인의 모습으로 변했다.

너무나 아름다운 그녀의 모습을 본 산초 판사가 신부에게 누구냐고 열심히 캐물었다. 그토록 아름다운 여인은 본 적이 없었으니 당연했다. 잠시 생각에 잠겨 있던 신부가 그에게 대답했다.

"그래 말 못 해줄 것도 없지. 이 아름다운 아가씨는 위대한 미코미콘 왕국의 공주님이라네. 거인 악당에게 당한 모욕을 갚기 위해 자네 주인에게 도움을 청하려고 온 거지. 자네도 알다시피 자네 주인의 명성은 전 세계 방방곡곡 두루 알려져 있지 않나? 자, 공주님을 자네 주인에게 안내하게."

그 말을 들은 산초 판사가 흥분했다.

'드디어 우리의 모험이 결실을 맺는구나! 주인님이 이 공주님과 결혼을 하면 왕이 될 것이고 그러면 내게 영지를 나누어 주시겠지.'

흥분한 산초 판사가 말했다.

"여부가 있나요! 공주님, 정말 잘 찾아오셨습니다. 참, 공주님
의 존함을 모르니 어떻게 불러드려야 하지요?"

"미코미코나 공주님이시네. 미코미콘 왕국의 공주님이시니
당연히 그렇게 불러야지."

신부는 산초와 이야기를 나누면서 그도 주인 못지않게 엉터
리 공상에 빠져 있다는 사실을 다시 한 번 확인하고는 놀랄 수
밖에 없었다.

그들은 모두 돈키호테가 있는 곳을 향해 출발했다. 공주로
변장했던 이발사는 다시 하인의 모습으로 변신해 있었다. 그들
이 산초의 안내를 받아 얼마 길을 가자 바위 사이에 돈키호테
의 모습이 보였다. 그는 갑옷은 벗고 있었지만 옷은 입고 있었
다. 신부와 카르데니오는 바위 뒤에 몸을 숨기고 말을 탄 도로
테아와 하인으로 변장한 이발사가 돈키호테가 있는 곳으로 갔
다. 이윽고 돈키호테 곁에 이르자 도로테아는 가볍게 말에서
뛰어내려 돈키호테 앞으로 가더니 무릎을 꿇었다. 더없이 아름
답고 고결한 모습의 그녀를 본 돈키호테는 얼른 그녀를 일으키
려고 했다. 하지만 그녀는 그 자세 그대로 말했다.

"오, 지체 높으신 용감한 기사님! 저는 기사님께서 제게 은혜를 베풀어주실 때까지 이대로 일어나지 않을 것입니다. 저는 제가 받은 모욕에 대해 복수해주시길 간청하러 불멸의 명성을 지니신 기사님을 찾아 머나먼 대륙에서 건너온 불행한 여인이랍니다."

더 이상 길게 이야기할 것도 없었다. 돈키호테는 그녀를 일으켜 세운 다음 아주 정중하게 한 번 포옹한 후에 즉시 산초에게 명령했다.

"자, 산초. 하느님의 명이시다. 어서 이 고귀하신 공주님을 도우러 떠나자."

돈키호테의 말이 끝나자마자 이발사가 공주를 당나귀에 태웠고, 돈키호테는 로시난테의 등에 올라탔다.

그들이 길 떠날 채비를 갖추는 것을 바위 뒤에 숨어서 보고 있던 신부와 카르데니오는 돈키호테 일행보다 먼저 국도로 나섰다. 얼마 지나지 않아 돈키호테 일행이 산악 지대에서 빠져나오는 모습이 보였다. 신부는 돈키호테에게 다가가 말했다.

"아니, 이게 누구인가? 우리의 친구이자 훌륭한 편력기사 돈키호테 아닌가?"

신부는 말을 하면서 돈키호테의 왼쪽 무릎을 정겹게 끌어안

도로테아, 공주가 되어 돈키호테에게 가다

았다. 돈키호테는 깜짝 놀라 그를 주의 깊게 살펴보았다. 마침내 그가 신부인 것을 알아보았고 그를 만난 것을 놀라워했다.

일행은 모두 함께 주막으로 향했다. 돈키호테, 공주, 신부는 말과 나귀에 타고 있었고 카르데니오와 이발사, 그리고 산초는 걷고 있었다.

길을 가는 도중 돈키호테가 공주에게 말했다.

"존엄하신 공주님, 가시고자 하는 길을 안내해주십시오."

그녀의 대답이 나오기 전에 신부가 먼저 말했다.

"공주님은 미코미콘 왕국으로 가셔야지요? 그렇다면 우리 마을 한가운데를 통과해야 하겠네요. 거기서 공주님이 카르타헤나로 향하는 배를 타실 수 있다면 9년도 되지 않아 거대한 늪을 찾을 수 있을 것입니다. 거기서 100일만 더 가면 공주님의 왕국에 갈 수 있지요."

신부의 말에 돈키호테는 이미 머릿속에 그 기나긴 편력의 그림을 그리고 있었다. 돈키호테는 공주에게 공주가 모욕을 당한 사건의 전말이 어떤 건지, 응징을 받아야 할 자들은 몇 명이나 되는지 등에 대해 물었고, 공주는 돈키호테의 기사도 정신이 용솟음칠 수 있도록 현명하게 답변해주었다.

주막에서 포도주 자루와 벌인 용맹한 싸움

이튿날 그들은 주막에 도착했다. 산초 판사는 담요 키질이 다시 생각나서 들어가고 싶지 않았지만 달아날 수도 없었다. 주막집 주인 부부와 딸, 그리고 하녀 마리토르네스는 돈키호테와 산초가 오는 것을 보고 반갑게 맞아주었다. 주막에 도착하자마자 그동안 힘든 고행을 했던 돈키호테는 몹시 피곤해서 곧바로 잠자리에 들었다.

일행은 돈키호테를 그대로 잠자게 내버려두고 함께 식사를 했다. 그에게는 식사보다 잠이 더 필요할 것이라는 신부의 의견을 따른 것이었다. 식사가 끝나자 그들은 돈키호테의 기이한 광기 행각에 대해 이야기했다. 주막 주인은 신이 나서 지난번 돈키호테와 산초가 이곳에 묵었을 때 벌어진 일에 대해 이야기했다. 그들이 한창 재미있게 이야기를 나누고 있을 때였다. 산초가 혼비백산하여 나타났다. 식사를 한 후 주인이 잘 자고 있는지 보러 갔던 모양이었다. 이제 바야흐로 그토록 원하던 성주가 될 기회가 눈앞에 왔으니 주인의 안위가 무엇보다 걱정되었던 것이다.

그는 다급한 목소리로 외쳤다.

"여러분, 빨리 와서 주인님을 도와주세요. 우리 주인님께서 미코미코나 공주님의 적 머리를 단칼에 베어버렸습니다. 그 무시무시한 거인 말입니다."

신부가 놀라서 물었다.

"무슨 소리냐? 그 거인이 얼마나 멀리 떨어진 곳에 있는데 헛소리를 하는 거야?"

그때 다락방에서 돈키호테가 크게 외치는 소리가 들렸다.

"이 사악하고 비열한 악당아, 너는 내 손아귀에 있으니 꼼짝 마라! 네 칼은 휘두를 기회도 없을 것이다."

모두들 눈이 휘둥그레져 있는데 산초가 황급히 말했다.

"이렇게 가만히 있지만 말고 빨리 주인님을 도와주세요. 여긴 마법에 걸린 곳이라는 걸 제가 잘 알고 있습니다. 거인들의 피가 용솟음치며 바닥에 흐르는 걸 제 눈으로 똑똑히 보았어요."

그들은 서둘러 다락방으로 갔다. 방으로 들어서니 정말로 기이한 광경이 벌어지고 있었다. 돈키호테가 이상한 옷차림으로 눈을 감은 채 사방을 향해 칼을 휘두르고 있었다. 그는 거인과 싸우는 꿈을 꾸고 있는 중이었다. 그는 꿈속에서 이미 미코미콘 왕국에 와 있었다. 거인과 승부를 내고자 하는 마음이 너무 간절했던 나머지 벌써 꿈속에서 그를 만난 것이었다. 거인에게 칼부림을 한다고 여기저기 놓아두었던 술 부대에 수많은 칼집을 내어 방 전체가 포도주 천지였다. 화가 머리끝까지 난 주인이 돈키호테에게 달려드는 것을 카르데니오와 신부가 겨우 말렸다. 이발사가 커다란 단지에 찬 물을 떠와서 돈키호테의 온몸에 확 뿌렸다. 돈키호테는 꿈에서 깨어났지만 어떻게 된 영문인지 알 수가 없었다. 하지만 미코미코나 공주가 옆에 있는 것을 보고는 무릎을 꿇으며 말했다.

"오늘부터 고귀하고 아름다우신 공주님께서는 마음 편히 주무실 수 있을 것입니다. 그 흉악한 놈을 제가 물리쳤습니다. 오늘부터 저는 공주님께 해드렸던 약속으로부터 자유로워졌습니다. 하느님과 나의 여인 둘시네아 공주의 보살핌으로 이렇게 약속을 지킬 수 있었습니다."

돈키호테의 말을 듣고 산초가 말했다.

주막에서 포도주 자루와 벌인 용맹한 싸움

"거 보십시오. 제가 분명히 말했지요? 주인님께서는 거인의 목을 쳐서 소금에 절여놓으셨다니까요. 이제 제 영지도 곧 정해지겠지요."

그 누가 이 두 인물의 엉터리 이야기를 듣고 웃지 않을 수 있었을까? 포도주 생각에 실의에 빠진 주막집 주인을 빼놓고는 모두 웃었다. 이발사, 신부, 카르데니오는 돈키호테를 힘들여 침대에 눕혔다. 그는 곧 다시 잠에 빠져들었다.

주막에서 벌어진 놀라운 일

그날 저녁 주막에 새로운 손님들이 들었다. 남자 넷과 여인 하나, 그리고 두 명의 하인까지 모두 일곱 명이었다. 하인들을 제외하고는 모두들 복면으로 눈 아래쪽 얼굴을 가리고 있었다. 그들이 주막 안으로 들어오자 도로테아는 얼굴을 가렸고 카르데니오는 돈키호테가 있는 방으로 들어가버렸다. 아직 남들에게 얼굴을 드러내면 안 된다고 생각했던 것이다.

주막으로 들어선 그들의 행동을 보니 품위 있는 집안 출신 같았다. 남자들은 먼저 말 위에 앉아 있던 여인을 내려주었다. 그런 후 그들 중 한 명이 여인을 안아서 돈키호테가 자고 있는 방 앞 의자에 앉혔다. 여인의 입에서 한숨 소리가 새어 나왔다. 아무도 복면을 벗지 않았고 아무 말도 하지 않았다. 걸어서 온 하인들은 말들을 마구간으로 데려갔다.

신부가 은밀히 하인들에게 다가가 저들이 누구인지 물었다. 그러자 하인들 중 한 명이 대답했다.

"죄송합니다, 신부님. 저희도 이분들이 누구인지 모릅니다. 이분들과 동행한 지 이틀밖에 되지 않았답니다. 길에서 우연히 만났는데 안달루시아까지 동행해주면 삯을 넉넉하게 주겠다고 해서 이렇게 모시고 있을 뿐입니다. 다만 그 여자 분을 안아 내리셨던 분이 지체가 높으시다는 것만은 말씀드릴 수 있습니다. 모두 그분에게 공손히 대하며 그분의 명령에 따르니까요."

신부는 다시 도로테아가 있는 곳으로 왔다. 도로테아가 얼굴 가린 여인에게 말을 건네고 있었다. 본래 동정심이 많은 그녀는 얼굴 가린 여인의 한숨 소리를 듣고 가만히 있을 수 없었던 것이다.

"부인, 무슨 괴로운 일이라도 있으신가요? 혹시 제가 도울 일이 있다면 말씀해주세요."

하지만 그녀는 아무 말이 없었다. 도로테아가 다시 아무리 어려운 일이라도 말해보라고 했지만 입을 다물고 한숨만 내쉴 뿐이었다. 그러자 옆에 있던 남자가 대신 말했다. 하인이 지체 높다고 한 바로 그 남자였다.

"괜한 짓 하지 마세요. 아무리 호의를 베풀어도 소용없습니다. 감사할 줄 모르는 여자랍니다. 말을 걸어보았자 그 입에서는 거짓말만 나올 테니 공연한 수고 마세요."

그 말을 듣자 그때까지 침묵에 빠져 있던 여인이 마침내 입을 열었다.

"저는 거짓말한 적 없어요. 제가 이토록 불행해진 건 당신처럼 거짓말로 계책을 쓸 줄 몰라서가 아닌가요? 당신 자신이 바로 증인 아닌가요?"

그때 카르데니오는 돈키호테의 방에서 그들의 대화를 엿듣고 있었다. 그녀의 목소리를 듣는 순간 그는 큰 소리로 외쳤다.

"아, 어떻게 이런 일이! 저 목소리는! 내 귀에 들린 것이 정말 그녀의 목소리인 건가!"

여인이 고함 소리에 놀라서 고개를 돌렸다. 하지만 고함 소리의 주인공이 보이지 않자 일어나 방으로 들어가려 했다. 그러자 남자가 그녀를 꽉 붙잡았다. 그 바람에 그녀의 얼굴을 가리고 있던 복면이 떨어졌다. 그러자 창백하긴 했지만 너무나 아름다운 얼굴이 드러났다. 그녀는 놀란 눈길로 이리저리 둘러보고 있었다. 마치 정신 나간 사람 같았다.

품에서 빠져나가려는 그녀를 붙잡는 데 정신이 팔려 있던 남자는 자신의 얼굴을 가린 복면이 흘러내리는 것을 막지 못했다. 도로테아는 그 얼굴을 보는 순간 "아!" 하는 외마디 비명과 함께 실신하여 쓰러졌다. 이발사가 두 팔로 받지 않았다면 크게 다쳤을 것이다. 그는 바로 돈페르난도였던 것이다.

신부가 기절한 도로테아가 얼굴에 쓰고 있던 베일을 벗겼다. 얼굴에 물을 끼얹기 위해서였다. 그녀의 얼굴을 보자마자 다른 여자를 붙들고 있던 돈페르난도가 마치 시체처럼 몸이 굳어버렸다. 그러나 그 와중에도 자신의 팔에서 빠져나가려고 발버둥치는 여자를 놓아주지 않았다. 그녀는 바로 루신다였다. 루신다는 그곳에 카르데니오가 있음을 그의 목소리로 단번에 알았으며, 카르데니오 역시 그녀가 루신다임을 단번에 알았다. 카르데니오는 방에서 뛰쳐나왔다. 그리고 루신다를 껴안고 있는 것이 바로 돈페르난도임을 알았다.

모두 아무 말 없이 서로를 바라보고 있었다. 도로테아는 돈페르난도를, 돈페르난도는 카르데니오를, 카르데니오는 루신다를, 루신다는 카르데니오를 바라보고 있었다. 그 침묵을 깬 사람은 루신다였다. 그녀가 돈페르난도에게 말했다.

"저를 놔주세요, 돈페르난도 님. 제발 당신의 신분에 걸맞게 행동해주세요. 당신도 이제 아시잖아요. 오로지 죽음만이 제 기억에서 카르데니오를 지워버릴 수 있다는 것을! 이렇게 저를 붙잡느니 차라리 죽여주세요. 제 남편은 제가 끝까지 사랑을 지켰음을 이제 알게 되었으니까요."

도로테아는 그녀가 누구인지 알았다. 도로테아는 돈페르난도의 발아래 무릎을 꿇으며 애처롭고 서글프게 눈물을 쏟았다. 그리고 애원하듯 말하기 시작했다.

"당신, 두 눈을 똑바로 뜨고 저를 보세요. 제가 도로테아라는 것은 이미 아셨지요? 당신의 욕심으로 당신의 아내가 되었던 비천한 농부지요. 제가 여기까지 오게 된 건 당신에게 버림받았다는 괴로움 때문이랍니다. 당신은 이미 제 남편입니다. 당신은 제 것이니 아름다운 루신다의 것이 될 수 없으며 그녀 역시 당신 것이 될 수 없어요. 당신은 귀족이며 기독교도시지요? 비록 저를 좋아하지 않으신다 해도 저는 당신의 합법적인 진짜 아내이니 당신의 고귀한 미덕을 따라주세요. 하느님의 말씀에 귀를 기울이지 않더라도 당신의 양심으로 당신 욕심을 지워버리도록 하세요."

슬픔에 잠긴 도로테아가 눈물로 호소하자 그곳에 있던 모든 사람이 그녀와 함께 눈물을 흘렸다. 돈페르난도까지 눈물을 글썽였다. 돈페르난도는 도로테아를 유심히 바라보더니 두 팔을 풀어 루신다를 놓아주며 말했다.

"아름다운 도로테아, 당신이 이겼소! 당신이 이겼어! 아무도 이 진실을 부정할 용기는 없을 거요!"

돈페르난도의 품에서 벗어난 루신다는 바닥에 쓰러질 뻔했다. 하지만 모든 광경을 유심히 보고 있던 카르데니오가 그녀를 안으며 말했다.

"아, 아름다운 나의 아내! 하늘처럼 고결하고 지조 있는 그대! 당신은 이제 당신의 운명에 따라 내 두 팔에 이렇게 안겼군요!"

이미 목소리로 확신했던 남편을 두 눈으로 직접 확인하자 루신다는 주위 시선은 아랑곳하지 않고 카르데니오의 목을 껴안으며 말했다.

"아, 당신, 내 남편! 당신이 바로 제 주인이에요. 운명이 아무리 우리를 갈라놓아도 전 당신의 포로예요."

그 광경을 본 돈페르난도가 칼을 향해 손을 뻗었다. 자신도 모르게 질투심이 다시 그를 사로잡았기 때문이었다. 그 모습을 본 도로테아가 그의 무릎을 껴안고 하염없이 눈물을 흘리며 말했다.

"제 유일한 은신처인 당신! 도대체 지금 무슨 짓을 하시려는 건가요? 당신 발아래 당신 아내가 있고, 사랑하는 두 사람은 서로 기쁨의 눈물을 흘리고 있는데…… . 하느님 앞에서 당신께 호소합니다. 제발 분노를 가라앉히세요. 저 두 연인에게 주어진 행복의 시간을 방해하지 마세요. 그것만이 당신이 훌륭하고 고귀하다는 사실을 보여주는 길입니다."

그러자 그 모든 것을 보고 있던 사람들, 그러니까 돈페르난도의 친구들과 신부, 이발사, 심지어 마음씨 착한 산초 판사까지 돈페르난도에게 진정하라고 호소했다. 특히 신부는 오직 죽음만이 저들을 갈라놓을 것이라고 말한 후에, 도로테아가 얼마나 훌륭한 여성인가를 그에게 이야기하기 시작했다. 그리고 그녀가 비록 신분은 높지 않지만 어느 귀족도 따라오기 어려운 고결함으로 정절을 지켜왔다고 열심히 설명했다.

돈페르난도는 서서히 마음이 누그러졌다. 그는 몸을 굽혀 도로테아의 어깨를 잡으며 말했다.

"어서 일어나요. 당신은 이미 내 영혼 속에 자리 잡은 여인이오. 그런 여인이 내 발아래 무릎을 꿇게 할 수는 없소. 그렇소. 내가 지금까지 한 행동은 모두 하늘이 지시하신 것인지도 모르오. 당신의 고결함과 성실함을 깨달아 그대를 진정으로 사랑하고 존중하는 법을 가르치려는 하느님의 뜻이었던 것 같소. 당신에게 단 한 가지만 부탁하겠소. 내 과오를 책망하지 말아주시오. 나는 어쩔 수 없는 그 어떤 힘에 휘둘렸던 것뿐이오. 이제 나는 루신다가 카르데니오와 함께 행복한 생활을 오래 누리길 바라오. 나도 도로테아 당신과 남은 생을 행복하게 지낼 수 있도록 하느님께 기도드리겠소."

말을 마친 그는 도로테아를 품에 안더니 자기 얼굴을 그녀의 얼굴에 갖다 댔다. 그 모습을 지켜보며 다들 감동의 눈물을 흘렸다. 심지어 산초 판사까지 울었는데, 그가 눈물을 흘린 이유는 남들과 사뭇 달랐다. 나중에 들은 이야기지만, 도로테아가 미코미코나 공주가 아니었기 때문에, 돈키호테가 약속한 영지가 눈앞에서 달아나버렸기 때문에 눈물을 흘린 것이었다.

마침내 돈페르난도는 도로테아가 고향에서 이토록 멀리까지 오게 된 연유를 물었다. 도로테아는 간단하면서도 조리 있게 모든 사실을 설명했다. 그녀의 이야기가 끝나자 돈페르난도가 그 도시에서 일어난 일을 자세하게 이야기해주었다. 그가 들려준 이야기는 다음과 같았다.

그는 루신다의 품에서 편지를 발견한 순간, 질투심과 배신감에 그녀를 죽이고 싶었다. 물론 그녀를 죽이지는 못했지만 복수심은 여전히 남아 있었다. 그러다 루신다가 부모님 집을 나갔고 어디로 갔는지 아무도 모른다는 소식을 듣게 되었다. 몇 개월 후 루신다가 수녀원에 머물고 있으며, 카르데니오와 지낼 수 없다면 평생 그곳에서 살겠다고 결심했다는 이야기를 들었다. 돈페르난도는 질투심에 몸을 떨었다. 루신다의 소식을 듣자마자 동행할 세 명의 기사를 뽑아 그녀가 머물고 있는 수녀원으로 갔다. 그리고 용의주도하게 계획을 짜서 그녀를 납치하는 데 성공했다. 수녀원이 마을에서 멀리 떨어진 들판에 있었기에 가능한 일이었다. 루신다는 자신이 돈페르난도의 손에 들어간 것을 알자 곧 정신을 잃었다. 그리고 깨어난 후에는 한마디도 없이 눈물지으며 한숨만 쉴 뿐이었다. 그리고 안달루시아로 가는 길에 이곳 주막에 도착한 것이었다. 돈페르난도는 이 주막이 지상의 모든 불행을 해결해주는 천국과 다름없는 곳이라는 말로 이야기를 마무리 지었다.

돈키호테 일행, 고향으로 향하다

돌아가는 상황을 지켜보던 산초는 마음 깊이 아픔을 느꼈다. 영주가 되려는 희망이 연기처럼 사라졌기 때문이었다. 아름다운 미코미코나 공주는 도로테아로 변해버리고 거인은 포도주 자루인 것이 밝혀진 채 자신의 주인은 늘어지게 잠만 자고 있었다.

산초만 빼놓고는 모두 즐거움에 싸여 있었다. 그들은 주막에 이틀 더 머물면서 많은 이야기를 나누었다. 신부는 카르데니오와 루신다, 돈페르난도와 도로테아가 사랑하는 부부로서 새 출발 하는 것을 늦추고 싶지 않았다. 도로테아가 미코미코나 공주 역을 계속하며 돈키호테를 마을로 데려가는 대신, 두 부부는 고향으로 돌려보내기로 하고 새로운 계획을 짜야 했다. 다들 머리를 맞대고 의논한 끝에 묘안을 짜냈다.

그들은 돈키호테가 여유 있게 들어갈 정도의 나무 우리를 짰다. 그리고 신부의 지시에 따라 모두 본래의 얼굴을 알아볼 수 없게 변장을 했다. 그런 다음 돈키호테가 잠들어 있는 방으로 가만히 들어가 그의 손과 발을 꽁꽁 묶었다. 깜짝 놀라 깨어난 돈키호테는 온통 낯선 얼굴들이 자신을 둘러싸고 있는 것을 보고 어리둥절한 표정을 지었다. 하지만 그것도 잠시, 그는 낯선 얼굴들을 바라보며 또다시 새로운 상상력을 발동하기 시작했다. 신부가 노린 것이 바로 그것이었다. 돈키호테는 낯선 이들이 마법에 걸린 성의 영혼들이라고 상상했다. 그리고 몸이 꼼짝할 수 없게 된 것을 보고 자신도 이미 마법에 걸렸다고 믿었다. 오직 산초만이 본래 모습으로 그 광경을 묵묵히 지켜볼 뿐이었다. 그들은 결박당한 돈키호테를 우리에 가두었다.

사람들이 우리를 어깨에 짊어지고 방에서 나갈 때 어디선가 엄숙하고 무거운 목소리가 들려왔다. 신부가 미리 지시한 대로 이발사가 숨어서 위대한 예언자 흉내를 낸 것이었다.

"오, '우수에 찬 얼굴의 기사'여! 그대가 묶였다고 슬퍼하지 마라. 그대가 조금만 노력한다면 그대의 위대한 모험을 빨리 끝낼 기회를 얻을 수 있을 테니! 라만차의 성난 사자와 엘 토보소의 하얀 비둘기가 하나가 되는 날, 그대는 그대의 모험을 완수하리라! 이 전대미문의 위대한 결합으로 용맹스러운 새끼 사자들이 태어나 아버지의 날카로운 발톱을 본받으리라. 그리고 저 용맹스러운 기사의 충실한 종자여! 그대의 주인인 편력기사가 저렇게 묶여 있다고 상심하지 마라. 그대 주인이 그대에게 해준 모든 약속을 하느님께서 지켜주실 것이다. 그러니 그대는 결코 주인의 곁을 떠나지 마라. 나는 이제 하느님의 말씀을 그대들에게 전하고 다시 내 살던 곳으로 돌아가노라."

이발사가 목소리를 높였다 낮추었다 하며 어떻게나 엄숙하게 말하는지, 이 장난에 참여한 사람들까지 진짜 예언자가 나타났다고 믿을 정도였다.

돈키호테는 그 예언을 듣고 큰 위안을 받았다. 예언의 의미를 정확히 이해했기 때문이었다. 자신이 사랑하는 둘시네아 델 토보소와 결혼할 것이며, 그녀의 축복받은 몸에서 사자 같은 자식들이 라만차의 영광을 위해 태어날 것이라는 뜻이었다. 예언을 듣고 난 그가 소리 높여 말했다.

"오, 위대한 예언자시여! 제게 그토록 행복한 예언을 해준 분이여! 당신께 청하오니 그 위대한 예언이 실행될 때까지 이 감옥에서 내가 죽지 않게 해달라고 마법사 현자에게 요청해주십시오. 그렇게만 된다면 이 감옥 안의 고통을 영광으로 삼고, 이 쇠사슬을 위안으로 삼겠습니다. 또한 제가 누운 이 거친 잠자리도 전쟁터가 아니라 신혼부부의 부드러운 침실로 여기겠습니다. 그리고 제 충실한 종자 산초 판사는 본래 선량하기 때문에 결코 저를 버리지 않을 것입니다. 비록 제 불운으로 그에게 약속한 대로 섬을 주지는 못한다 하더라도 최소한 그의 급료는 분명히 지불할 것을 약속합니다. 이미 만들어놓은 유언장에 제가 줄 수 있는 최대한의 것을 그에게 주겠다고 써놓았습니다."

그 말을 들은 산초 판사는 아주 정중하게 몸을 굽혀서 주인의 두 손에 입을 맞추었다. 양손이 함께 묶여 있어서 한 손에만 입을 맞출 수 없었기 때문이었다.

이윽고 마법에 걸린 영혼들은 어깨에 짊어졌던 우리를 달구지에 올려놓았다.

그들은 서둘러 출발하기로 하고 주막집 주인을 불러 로시난테와 산초의 당나귀에 안장을 얹도록 부탁했다. 달구지가 움직이기 시작하자 여주인과 딸, 마리토르네스가 작별을 고하며 돈키호테의 불행에 마음 아파 우는 척했다. 이를 본 돈키호테가 그녀들에게 말했다.

"울지 마시오, 나의 훌륭하신 부인들! 이런 불행은 위대한 사명에 몸을 바친 우리 편력기사들에게는 반드시 찾아오는 일이오. 만일 이런 불행이 찾아오지 않는다면 나는 고매한 편력기사가 될 자격도 없는 셈이오. 하지만 아무 걱정 마시오. 내가 지닌 미덕의 힘은 너무 강력하여 그 어떤 마법으로도 꺾을 수 없을 테니, 결국은 태양이 하늘에서 빛나듯 빛을 발할 것이오. 그저 마법사가 가둔 이 감옥에서 내가 한시라도 빨리 나올 수 있도록 하느님께 기도해주시오. 만일 내가 자유를 찾는다면 이성에게 베풀어준 은혜를 결코 잊지 않을 것이오. 반드시 그에 합당한 보상을 해줄 것임을 엄숙히 선서하오."

돈키호테가 성의 부인들과 작별의 말을 나누고 있는 동안 신부와 이발사는 돈페르난도와 그 일행, 그리고 행복을 되찾은 여인들에게 작별 인사를 했다. 돈페르난도는 헤어지고 난 후에도 서로 소식을 주고받자고 신부에게 제안했고 신부는 흔쾌히 수락했다. 돈페르난도가 그런 제안을 한 것은 이후로도 돈키호테 소식이 궁금해서였음은 물론이다.

이윽고 신부가 말에 올랐다. 친구인 이발사도 돈키호테가 못 알아보도록 안대를 한 채 말에 올라타고 달구지 뒤를 따랐다. 산초는 당나귀를 탄 채 로시난테의 고삐를 잡고 달구지 바로 뒤를 따랐다.

일행은 돈키호테의 고향을 향해 길을 재촉했다. 만일 산초가 마법에 대해 의심을 품는 일이 벌어지지만 않았다면 그들은 별 일 없이 고향에 도착할 수 있었을 것이다.

고향으로 돌아가는 길에 벌어진 일

　고향으로 돌아가는 길에 산초는 마법에 걸린 돈키호테가 보통 사람처럼 먹고 마시는 것을 보고 의심이 들어 신부에게 말했다.

　"신부님, 저는 신부님이 아무리 위장을 하셨어도 신부님이라는 것을 압니다. 그리고 우리가 어디로 향하고 있는지를 제가 모른다고 생각하십니까? 만일 신부님만 아니었다면 제 주인님은 벌써 미코미코나 공주님과 결혼하시고 저는 백작이 되어 있었을 겁니다. 그랬다면 제 아내는 백작 부인이 될 수 있었을 겁니다. 그 생각만 하면 저는 가슴이 아픕니다. 신부님, 제 주인 돈키호테 님이 마법에 걸리셨다고요? 그러면 우리 어머니도 마법에 걸리신 거겠네요. 주인님은 다른 사람들과 똑같이 먹고 마시고 볼일도 보십니다. 저는 마법에 걸린 사람들은 먹지도 자지도 않는다는 말을 수없이 들었습니다. 그러니 주인님께서 마법에 걸렸다는 걸 제가 어떻게 받아들일 수 있겠습니까?"

옆에서 듣고 있던 이발사가 말했다.

"닥쳐라, 산초. 너도 주인과 똑같은 놈이야! 주인이 공주님과 결혼을 한다느니 네가 백작이 된다느니 하는 엉뚱한 말을 하는 걸 보니 너도 주인과 똑같이 마법에 걸린 게 분명해. 너도 주인과 함께 우리 속에 갇혀 갈래? 닥치고 있지 않으면 진짜 가둘 테니 그리 알아!"

이발사에게 야단을 맞은 산초는 신부와 이발사의 감시를 피해 돈키호테와 이야기를 나눌 기회를 엿보았다. 아마 그는 기사도 정신을 발휘한다는 기분에 젖어 있었을 것이다. 마침내 기회를 찾아낸 그가 주인에게 말했다.

"주인님, 제 양심에 걸고 주인님이 걸린 마법에 대해 한 말씀 올려야겠습니다. 저 가면을 쓰고 있는 사람들은 다름 아닌 우리 동네 신부와 이발사입니다. 주인님이 공을 세우시는 게 질투가 나서 주인님을 억지로 고향으로 모셔 가는 거지요. 주인님은 마법에 걸린 게 아니라 속고 계신 겁니다."

"산초야, 정신 차려라. 저들이 내 친구 신부와 이발사라고? 겉으로만 그렇게 보일 뿐이라는 걸 네가 어떻게 알겠느냐? 겉으로 보이는 것을 믿지 마라. 네 말대로 신부와 이발사와 비슷해 보인다면 저들이야말로 나를 마법에 빠뜨린 마법사들임이 더욱 확실해. 내 친구들 모습으로 변장한 거지. 그러니 신경 쓰지 마라. 그들이 정말 신부와 이발사라면 나는 투르크 사람이다."

"아이고, 주인님. 제 말을 믿지 않으시다니, 정말 주인님 머리가 굳어버리신 거 아닌가 싶습니다! 제가 마법이 아니라는 것을 확실히 증명해드리지요. 그리고 주인님을 이 감옥에서 빼내어 둘시네아 공주님 품에 안기도록 해드리지요. 자, 제가 질문 한 가지 할 테니 대답해보세요."

"내가 언제 네 질문을 막은 적이 있느냐? 자, 확실하게 대답해줄 테니 어서 물어봐라. 편력기사란 어떤 거짓말도 하지 않는 법이야."

"저도 주인님이 결코 거짓말을 하시지 않는다는 건 잘 알고 있습니다. 그렇다면 묻겠습니다. 주인님이 말씀대로 마법에 걸리신 것이라면 우리 속에 들어가신 이후로 큰 볼일과 작은 볼일을 하고 싶은 생각이 왜 드시는지 궁금합니다."

"산초야, 큰 볼일과 작은 볼일을 한다는 말이 무슨 뜻인지 모르겠구나."

"아니 그것도 모르신다고요? 어린애들도 다 아는 걸. 그럼 '도저히 참을 수 없는 일을 하고 싶은 생각이 들 때'라고 말한다면 아시겠어요?

"그래, 이제야 알겠다. 산초야, 네 말대로 여러 번 그런 생각이 들었어. 지금도 급하단다. 내 몸이 더렵혀질 위험에서 나를 구해다오."

"바로 그겁니다, 주인님. 제가 진심으로 바라던 대답이 바로 그겁니다. 주인님, 사람들이 흔히 이런 말 하는 거 들으신 적 있으시지요? '그 사람 무엇 때문인지 먹지도 마시지도 않고 잠도 안 자고 말도 없어. 아마 마법에 걸린 모양이야.' 그래요, 주인님. 마법에 걸린 사람이란 먹지도 마시지도 않고 잠도 자지 않는 법 아닙니까? 또 제가 말씀드린 볼일도 못 느끼지 않습니까? 그런데 주인님이 볼일을 보고 싶다는 생각을 하시는 걸 보면 분명 마법에 걸리신 게 아니란 말씀입니다."

아주 그럴듯한 논리였다. 하지만 돈키호테는 점잖게 산초의 말을 반박했다.

"네 말도 일리가 있다. 하지만 산초야, 네가 모르는 게 하나 있다. 마법에는 무척 많은 방법이 있단다. 시대에 따라 바뀔 수도 있어. 나는 마법에 걸렸다는 사실을 잘 알고 있으며 내 양심을 걸고 확신할 수 있다. 만약 내가 마법에 걸리지도 않은 채 이렇게 우리 안에 갇혀 있는 것이라면 나는 겁쟁이가 되는 셈이다. 곤경에 처한 사람들을 구해주고 도움을 베풀어야 한다는 임무를 등한시 하는 셈 아니겠느냐? 그렇다면 내가 양심의 가책 때문에 이렇게 편안하게 있을 수 있겠느냐?"

"좋습니다, 주인님. 좀 더 확인하시려면 주인님이 우선 이 감옥에서 나오셔야겠습니다. 그런 후 제 말이 틀린 거라면 저도 주인님과 함께 우리 안에 갇히겠습니다."

"네 말대로 해라, 산초야. 내가 자유로워질 때까지 네 말을 전적으로 따르겠다. 하지만 산초야, 내가 겪고 있는 불행에 대해 네가 잘못 생각하고 있었다는 것을 깨닫게 될 것이다."

산초는 신부에게 가서 주인을 잠시 우리에서 풀어달라고 간청했다. 만일 주인을 풀어주지 않는다면 저 감옥도 그렇고, 주인님도 그렇고, 절대로 청결을 유지하지 못할 것이라고 힘주어 말했다. 신부는 그의 간청을 들어주고 싶었다. 하지만 주인이 자유로워지면 또다시 어디론가 가버릴까 봐 걱정이라고 말했다. 산초가 그러지 않을 것이라고 장담했다. 신부는 이발사, 산초와 함께 돈키호테에게 와서 기사로서 명예를 걸고 자신들의 동의가 있을 때까지 우리를 떠나지 않겠다고 약속하라고 말했다. 돈키호테가 흔쾌히 약속했다.

"좋소, 약속하겠소. 나처럼 마법에 걸린 사람은 자기 하고 싶은 대로 할 자유가 없소. 마법을 건 자는 300년 동안 나를 한곳에서 꼼짝 못 하게 할 수 있고, 혹 달아난다 해도 하늘을 날아서 다시 잡아 올 수 있다는 걸 잘 알고 있소."

돈키호테는 자신을 풀어주는 것이 모두에게 좋을 수밖에 없는 이유까지 덧붙였다. 만일 자신을 풀어주지 않는다면 지독한 냄새 때문에 다들 달아나야 할 거라고 경고했다. 그의 맹세에 신부는 돈키호테를 풀어주었다. 우리에서 나온 그는 자유를 다시 얻자 무척 기뻤다. 그는 로시난테에게 가더니 등에 올라탔다. 그러고는 산초와 함께 멀리 떨어진 곳으로 가서 볼일을 보았다.

볼일을 다 보고 나자 그는, 산초가 말한 과업을 수행하는 길에 다시 나서면 어떨까 하는 생각이 잠깐 들었다. 하지만 마법이 풀리기 전까지는 불가능하다는 것을 깨닫고 이내 포기했다. 그때 어디선가 처량한 나팔 소리가 들려왔다. 돈키호테는 일어나서 소리가 들리는 쪽으로 얼굴을 돌렸다. 흰옷을 입고 복면을 한 고행자 행렬이었다. 오랫동안 비가 오지 않자 기도와 고행을 통해, 하느님께서 자비의 손길을 내려 비를 오게 해달라고 기도하는 행렬이었다. 여러 마을 사람들이 함께한 그 행렬은 계곡의 비탈길에 있는 작은 수도원으로 가는 길이었다.

그들의 이상한 옷차림이 돈키호테를 자극했다. 돈키호테는 그들이 들고 가는 성모마리아 상은 상복을 입은 고귀한 귀부인이며, 그 무리는 귀부인을 납치해 가는 무례한 악당들이라고 상상했다. 돈키호테는 산초에게 방패와 칼을 가져오게 한 후 로시난테의 등에 올라탔다. 그러고는 그들 가까이 가서 외쳤다.

"이 악당들아, 너희는 나쁜 놈들이라서 그렇게 얼굴을 감추고 있구나. 멈추어 서서 내 말을 잘 들어라!"

성모마리아 상을 들고 가던 사람들이 먼저 멈춰 섰다. 기도를 주도하려고 함께 가던 네 명의 수도사들 중 한 명이 돈키호테의 기묘한 차림과 비쩍 마른 로시난테를 보고는 의아해하며 말했다.

"이보시오, 우리에게 하고 싶은 말이 있다면 얼른 하시오. 이분들은 살을 도려내는 고행을 치르는 중이라 잠시도 멈출 수 없습니다."

"한마디로 말하겠다. 지금 당장 그 아름다운 부인을 풀어주어라. 부인의 눈물과 슬픈 얼굴은 부인이 강제로 끌려가고 있음을 증명하고도 남는다. 나는 이 세상의 악을 타파하기 위해 세상에 태어났다. 그분이 자유를 얻는 모습을 보기 전까지는 이 자리에서 한 발짝도 움직이지 못하게 하겠다!"

사람들은 돈키호테가 정신이 나간 것을 알고 웃음을 터뜨렸다. 그런데 그 웃음이 돈키호테의 분노에 기름을 부은 격이 되고 말았다. 그는 더 이상 말하지 않고 칼을 빼어 들고는 일행을 습격했다. 성모마리아 상을 나르던 사람 중 하나가 막대기를 들고 그와 맞섰다. 그는 돈키호테가 내려친 칼에 막대기가 동강났음에도 불구하고 남은 부분으로 돈키호테의 어깨를 내리쳤다. 돈키호테는 그대로 땅바닥에 주저앉았다. 헐레벌떡 뒤따라온 산초는 몽둥이찜질을 하고 있는 사람에게 때리지 말라고 외쳤다. 그 가련한 기사는 마법에 걸려 있으며 생전에 아무에게도 나쁜 짓을 해본 적이 없다고 호소했다.

농부는 매질을 멈추었다. 하지만 그가 매질을 멈춘 이유는 산초의 호소 때문이 아니었다. 돈키호테의 손발이 꼼짝도 안 했기 때문이었다. 농부는 돈키호테가 죽은 줄 알고 겁이 나 재빨리 달아났다.

그 순간 신부와 이발사가 그곳에 나타났다. 볼일을 보러 간 돈키호테가 시간이 흘러도 오지 않자 찾아 나선 참이었다. 이 소동에 고행 행렬 속에 있던 농부들이 모두 복면을 벗고 채찍을 들었다. 그들은 돈키호테가 일어나기만 하면 한꺼번에 덤벼들 기세였다. 심지어 수도사들도 큰 촛대를 잡고 방어 태세를 취하고 있었다. 하지만 일은 싱겁게 끝났다. 산초가 주인이 죽은 줄 알고 주인 위에 엎어져서는 세상에서 가장 서럽게 울어 댔기 때문이었다.

산초 판사는 눈물범벅이 된 채 탄식했다.

"아, 기사도의 꽃이신 주인님! 그토록 위대한 삶을 사신 주인님께서 고작 몽둥이질에 목숨을 잃으시다니! 아, 모든 라만차 지방의 영광이며 이 세상의 영광이신 주인님이 안 계시다면 이 세상은 얼마나 많은 악으로 넘쳐날지! 온갖 위험 속에 뛰어들어 악한 자들을 무찌르시고 세상 사람들에게 한없는 사랑을 베푸신 분! 천박한 자들과 악한 자들의 원수이셨던 편력기사님!"

산초의 울부짖음에 돈키호테가 깨어났다. 그의 첫 마디는 이랬다.

"오, 사랑스러운 둘시네아. 그대가 제 곁에 없어서 이런 불행을 겪는 것입니다. 산초야, 나 좀 일으켜다오. 마법에 걸린 달구지에 태워다오. 어깨가 부러져 꼼짝할 수가 없구나."

죽은 줄 알았던 주인이 살아나자 산초는 너무 반가워 소리쳤다.

"그럼요, 주인님. 제가 잘 모셔다 드릴게요. 주인님, 주인님의 안전을 비는 이분들과 함께 이제 마을로 돌아가시지요. 그곳에 가셔서 또 다른 출발을 위한 준비를 하신 다음 제게 명령을 내려주세요."

그사이 돈키호테의 친구 신부는 고행 행렬을 이끄는 신부들 중에서 아는 신부를 만나 사정을 대강 설명했다. 그 신부는 일행을 이끌고 다시 고행의 행렬을 계속했다.

마지막 모험을 겪은 돈키호테는 달구지 건초 더미 위에 앉아 고향 마을로 향했다.

고향에 도착하다

일행은 다시 길을 떠난 지 엿새 만에 돈키호테의 고향에 이르렀다. 한낮에 마을에 들어선 데다 마침 일요일이라 광장에는 많은 사람들이 모여 있었다. 그곳을 돈키호테를 태운 달구지가 가로질러 갔다. 그 우스꽝스러운 모습을 보려고 사람들이 몰려들었다가 자신들이 잘 아는 이웃 사람인 것을 보고 다들 어안이 벙벙해졌다. 한 소년이 돈키호테의 집으로 달려가 소식을 전했다. 돈키호테의 조카딸과 가정부는 혹시 집에 기사도소설이 남은 게 있는지 부랴부랴 찾았다. 그때 돈키호테가 대문으로 들어서는 것이 보였다.

돈키호테가 돌아왔다는 소식을 듣고 산초 판사의 아내가 급히 달려 나왔다. 그녀는 남편이 사라진 후 돈키호테의 종자가 되었다는 것을 알고 있었다. 그녀는 남편을 보자마자 당나귀가 무사히 돌아왔는지 물었다. 산초가 건강하게 돌아왔다고 대답하자 아내는 재차 물었다.

"하느님, 감사드립니다. 정말 다행이네요. 참, 말해봐요. 저 양반 종자 노릇 해서 뭐 좀 남겼어요? 내 외투라도 마련했나요? 아니면 애들 신발이라도?"

"에이, 그런 건 없어. 그 대신 더 중요한 걸 가져왔지."

"그게 뭔데요? 당장 보여줘봐요. 당신이 없어서 얼마나 힘들었는지 알아요? 어서 너무 서글펐던 내 마음을 즐겁게 해줘요."

"집에 가서 보여줄게. 다만 주인님과 내가 다시 편력 여행을 떠나면 나는 백작이나 섬의 영주가 될 거야. 그러니 당신은 남들이 백작 부인이라고 부를 날만 기다리라고."

산초 판사의 부인은 도무지 무슨 소리인지 알아들을 수 없었지만 더 이상 따지지 않기로 했다.

그들이 대화를 나누는 사이 돈키호테의 조카딸과 가정부는 그의 옷을 벗기고 침대에 뉘었다. 돈키호테는 눈을 들어 그녀들을 바라보았지만 자신이 지금 어디에 있는지도 모르는 것 같았다. 신부는 조카딸에게 그를 집으로 어떻게 데려왔는지 이야기해주고는 다시는 삼촌이 가출하지 않도록 각별히 신경 쓰라고 당부한 후 돌아갔다.

조카딸과 가정부는 형편없는 몰골의 돈키호테를 바라보며 하늘을 향해 탄식했다. 그리고 기사도소설을 저주하기 시작했다. 그런 거짓말투성이에다 엉터리인 이야기를 쓴 작가들은 모두 지옥으로 떨어지게 해달라고 하느님께 빌었다.

조카딸은 자신의 삼촌이, 가정부는 자신의 주인이 다시 건강을 회복하는 것이 오히려 걱정될 지경이었다. 그가 또다시 길을 떠날까 봐 두려웠던 것이다. 그런데 돈키호테는 곧 건강을 되찾았다. 그리고 그녀들의 두려움은 현실이 되었다. 어느 날 돈키호테는 세 번째 가출을 감행했다.

『돈키호테』를 찾아서

　여러분은 혹시 "웬 돈키호테 같은 짓이야?"라는 말을 들어봤는지 모르겠다. 도무지 이해하지 못할 엉뚱한 짓을 하는 사람에게 하는 말이다. 현실적으로 불가능한 일에 무모하게 덤벼드는 사람도 그런 말을 듣는다. 풍차를 악당 거인으로 착각하고 덤벼드는 반미치광이가 바로 돈키호테의 이미지다. '정상'이라는 소리를 들으며 세상을 무난하게 살아가려면 돈키호테를 닮으면 안 된다.

　세르반테스의 소설 『돈키호테』는 바로 그런 반미치광이를 주인공으로 한 소설이다. 그러니 작품을 읽으면서 주인공 돈키호테의 엉뚱한 행동에 놀라고 즐거워하면 된다. 재미나게 읽으면 된다. '나는 이런 미친 짓은 안 할 테니 다행이야'라고 안심하면서 말이다. 그런데 그냥 그렇게 읽고 말자니 뭔가 개운치 않다.

우선 세르반테스는 스페인이 낳은 가장 위대한 작가로서 전 세계에 수백 년간 이름을 떨쳐왔다. 앞으로 세월이 흘러도 그 명성은 전혀 흐려지지 않을 것이다. 그뿐인가? 찰스 디킨스, 허먼 멜빌, 표도르 도스토옙스키 등 우리가 잘 아는 19세기의 위대한 작가들이 『돈키호테』에 영향을 받았다고 고백한다. 그에게 영향받은 20세기의 작가들 이름도 어마어마하긴 마찬가지다. 프란츠 카프카, 버지니아 울프, 가르시아 마르케스 등이 그들이다. 그뿐이 아니다. 『돈키호테』는 연극, 영화, 오페라, 발레, 뮤지컬 등 온갖 예술에 영감을 주어 새로운 작품들을 낳게 했다. 가볍게 그리고 재미있게 읽어 넘길 수 있는 소설이라면 그토록 많은 작가, 예술가에게 영감을 주었을 리 만무하다.

다시 작품으로 돌아가보자. 주인공 돈키호테는 반미치광이다. 완전히 미치지는 않았다는 뜻이다. 오십 줄에 접어든 스페인의 시골 귀족인 돈키호테는 적어도 그때까지는 정상인으로 살았다. 그리고 반미치광이로 우리에게 모습을 드러내는 소설 속에서도 그는 여러 가지 면에서 정상이다. 아주 똑똑하며 논

리적이며 판단력까지 갖추고 있다. 딱 한 가지 기사 이야기에 관한 한 미친 사람이 된다. 무엇이 그를 미치게 만들었을까? 바로 책이다. 그는 기사도에 관한 책을 읽고 자신을 그 책의 주인공으로 착각한다. 착각하는 정도가 아니다. 책에서 읽은 주인공의 삶을 실천하려고 한다. 책에서 읽은 기사도 정신을 그대로 발휘하려고 한다. 그런데 그것이 왜 그를 미친 사람으로 만드는 것일까? 기사도소설 속의 훌륭한 인물들을 본받으려는데 왜 미치광이 취급을 받을까?

세상이 변하면 사람들의 가치관도 바뀌기 마련이다. 돈키호테가 살았던 시대는 변혁기였다. 우리는 그 시대를 '르네상스 시대'라고 부른다. 르네상스는 프랑스어로 '다시 태어난다'는 뜻이다. 그만큼 시대가 완전히 바뀌었다는 뜻이다. 간단히 말한다면 신 중심에서 인간 중심으로 세계관이 뒤집힌 것이다. 여러분이 이미 읽은 호메로스, 베르길리우스, 단테, 보카치오 등의 작품에는 신들이 자연스럽게 등장한다. 신들이 인간의 운명을 좌지우지한다. 그렇게 신들과 함께하던 시대를 이끌던 주인공들이 바로 기사들이다. 그 시대 사람들이 모두 으뜸으로 꼽은 가치관이 바로 기사도 정신이다.

그런데 세상이 확 바뀌었다. 신들이 사는 저 보이지 않는 세상보다는 눈앞에 보이는 우리의 삶이 더 중요하다는 생각을 사람들이 하게 되었다. 죽은 뒤 가는 내세의 행복보다는 지금 살아 있는 현세의 행복이 더 중요하다는 생각을 하게 되었다. '황금 보기를 돌같이 하라'는 기사도 정신이 '황금을 하느님처럼 숭배하라'는 배금주의 정신으로 바뀌었다. 명예보다는 실리가 더 중요한 세상이 되었다.

그렇게 시대가 바뀌었는데도 돈키호테는 여전히 사라진 기사도 정신을 으뜸으로 꼽는 사람이다. 그 정신을 여전히 실현하려고 하는 사람이다. 시대착오적인 사람이다. 그러니 남들에게 미치광이 취급을 받을 수밖에 없다. 그렇다면 그는 정말 미치광이일까?

『돈키호테』는 1960년대와 1970년대에 영화와 뮤지컬로 만들어지기도 했다. 그중 1965년에 만들어진 뮤지컬 「라만차의 사나이」는 큰 성공을 거두었고 그 뮤지컬을 바탕으로 영화가 만들어진다. 나는 그 뮤지컬과 영화를 아주 좋아한다. 그리고 그 뮤지컬의 주제곡인 「이루어질 수 없는 꿈(Impossible Dream)」을 무척 좋아해서 지금도 가끔 흥얼거린다. 그 뮤지컬에서 세르반테스는 돈키호테 자신이 된다. 그리고 돈키호테를 정신 나간 사람이 아니라, 불가능한 것을 꿈꾸는 사람으로 멋지게 변신시킨다. 미치광이는 정말 미친 것이 아니라, 불가능한 것을 꿈꾸는 사람이라는 것을 멋지게 보여준다. 나는 거기다 하나 더 덧붙이고 싶다. 불가능한 것을 꿈꾸는 사람이 바로 자신과 세상을 바꿀 수 있는 진취적인 사람이라는 것을! 멋대로 지어내서 하는 이야기가 아니다. 광인은 진취적인 사람이라고 저 옛날에 공자도 이미 말했다. 돈키호테는 시대착오적인 사람이 아니다. 그저 흘러가는 대로 시대를 뒤따르지 않고, 자신이 중요하다고 생각하는 가치를 적극적·능동적으로 실현하려고 한 사람이다.

여러분이 돈키호테의 광기 어린 행동을 단순히 재미로 보아 넘기지 않고 약간의 슬픔을 느꼈다면 성공이다. 슬픔을 넘어 그에게서 애정을 느꼈다면 더 큰 성공이다. 『돈키호테』에서 영감받은 위대한 작가들이 느꼈던 것과 비슷한 것을 여러분도 느낀 셈이니 자부심을 가져도 된다.

이 책을 읽는 여러분은 아마 돈키호테 같은 짓을 하고 있는 건지도 모른다. "도대체 책을 읽어 어디다 써먹느냐?" "소설 따위 읽어 뭐 하나?"라고 말하는 사람이 많은 세상에서 소설책을 읽고 있으니 돈키호테가 아니고 무엇이겠는가? 만일 그런 손가락질을 받는다면 이렇게 말하자.

"나는 꿈 없이는 살 수 없거든요. 꿈을 꾸면서 나와 세상을 바꾸고 싶거든요. 나와 세상을 아름답게 만들고 싶거든요."

『돈키호테』의 저자 미겔 데 세르반테스는 1547년 9월 29일, 스페인의 수도 마드리드 근처 알칼라데에나레스에서 태어났다. 아버지는 귀족 출신 의사였지만 경제적으로는 무능해서 1551년에는 빚 때문에 전 재산을 차압당하고 투옥되기까지 했다. 이후 가족은 바야돌리드와 세비야 등 여러 지역을 전전했으며, 그 와중에도 가정 형편은 나아지지 않았다.

세르반테스는 애초부터 작가를 지망했던 것은 아니었다. 그의 최초 직업은 군인이었다. 22세에 입대한 세르반테스는 이탈리아 베네치아에 주둔하고 있던 스페인 부대에서 근무했다. 군인으로 복무하던 중 오스만 제국 군대와 치른 유명한 레판토 해전에서 왼손에 총상도 입지만, 28세까지 군인 생활을 계속했다. 28세 때인 1575년, 세르반테스는 드디어 퇴역을 결심하고 고국 스페인으로 향했다. 그런데 출항 엿새 만에 그가 탄 배가 해적선의 습격을 받아, 세르반테스는 졸지에 해적의 포로가 되어 알제리로 끌려갔다. 해적은 세르반테스의 가족에게 몸값을 요구했다.

해적이 요구한 몸값은 가난한 세르반테스 가족이 결코 마련할 수 없는 막대한 금액이었다. 외부의 도움을 바랄 수도 없자 세르반테스는 탈출을 시도했다. 하지만 네 번이나 감행한 탈출 시도는 번번이 실패로 돌아갔으며, 그때마다 그는 혹독한 처벌을 감내해야만 했다. 이를 딱하게 여긴 알제리의 스페인 동포들이 몸값을 대신 지불해주었다. 그 덕분에 세르반테스는 5년간의 포로 생활을 마치고 1580년에 마침내 스페인으로 귀국했다. 1584년에는 37세의 나이로 19세의 카탈리나 데 살라사르와 결혼했다.

세르반테스는 공직에 진출하려 시도하지만 번번이 좌절했다. 생계가 막막해진 그는 소싯적의 글 솜씨를 발휘해 시, 희곡, 소설 등을 써서 팔았다. 1585년에 발표한 첫 소설『라 갈라테아』는 호평을 받긴 했지만 큰 명성을 얻진 못했다. 천신만고 끝에 말단 관리가 된 세르반테스는 이후 10여 년간 공무원 생활을 했다. 공직에 있는 동안 그는 억울한 비리 혐의로 옥살이를 여러 번 했다. 그 와중에 1597년 가을, 그러니까 50세 되던 해에 감옥 안에서 그는『돈키호테』를 구상했다. 뮤지컬「라만차의 사나이」는 이러한 세르반테스의 실제 전기와 그의 작품『돈키호테』를 합성한 작품이다.

세르반테스가 57세 되던 1605년에 출간한 『돈키호테』는 대단한 성공을 거두었다. 하지만 생활고로 인해 출판업자에게 판권을 넘겨버린 탓에 경제적 이득을 얻지는 못했다. 말년에는 신앙생활에 전념해서 아예 수도원에 들어갔지만, 그런 와중에도 집필 활동을 병행하여 『모범소설집』(1613), 『돈키호테』 제2부(1615) 등의 작품을 연이어 펴냈다. 마침내 수도사로 정식 서원을 했을 즈음, 수종이 악화되어 그는 결국 임종을 맞이하게 되었다. 1616년 4월 23일, 세르반테스는 69세를 일기로 사망했다. 흥미롭게도 바로 그날 당대의 또 다른 대작가 셰익스피어가 함께 사망했다.

돈키호테

생각하는 힘: 진형준 교수의 세계문학컬렉션 09

펴낸날	초판 1쇄 2017년 9월 1일
	초판 6쇄 2024년 12월 18일

지은이	미겔 데 세르반테스
편역	진형준
펴낸이	심만수
펴낸곳	(주)살림출판사
출판등록	1989년 11월 1일 제9-210호

주소	경기도 파주시 광인사길 30
전화	031-955-1350 팩스 031-624-1356
홈페이지	http://www.sallimbooks.com
이메일	book@sallimbooks.com

ISBN	978-89-522-3745-3 04800
	978-89-522-3984-6 04800 (세트)

※ 값은 뒤표지에 있습니다.
※ 잘못 만들어진 책은 구입하신 서점에서 바꾸어 드립니다.